TO

情報系女子またたびさんの事件ログ

日野イズム

TO文庫

目次

情報系女子またたびさんの事件ログ

プロローグ

　その少女には恩師が居た。

「こら、まみちゃん。お友達を泣かせちゃだめでしょ」

　少女は典型的な浮いた子どもだった。

「せんせい、ちがいます。わたしはかれのまちがいをしてきしただけです。だから、わたしはわるくありません」

　場に交わることを良しとせず、自分を曲げない彼女が、子どもたちの中で異質として扱われるのは必然だった。噎《むせ》び泣く男の子とその少女を囲うように子どもたちの輪ができていたが、けれどそこから聞こえるほとんどの声は、少女を咎めるものだった。

　そしてその状況を見つめて、ため息をつくと、教師は手を叩いて声を上げた。

「ほら、みんな、席に戻りなさい」

　そう言われ、不満そうな表情を浮かべながら席に戻る子どもたち。その場には少女と、男の子だけが残った。

　少女は典型的な浮いた子どもだった。

そして、この騒動の発端も彼女にあった。自慢げに知識を披露する男の子に対して、それをばっさりと否定したのだった。

「きみはまちがっている。あやまったちしきをひろめるのは、はんざいだ」

少女は周囲よりも少しだけ賢い子だった。だからこそ、自分よりもいっそう幼い周囲に我慢がならなかったのだろう、度々問題を起こしてはクラスメイトたちと衝突していた。

そして、クラスメイトはそんな少女から少しずつ距離を取るようになっていた。彼女はこの狭い世界の中で、確実に孤立していたのだった。

「わかったわ、まみちゃん。でも、先生の話も聞いて」

けれども、担任の教師だけはその例外だった。

「まみちゃんは間違ったことが誰よりも嫌いだものね。だから、違うって言いたくなっちゃったんだよね。それはせんせい素直にすごいなぁ、って思うの。でも、お友達を泣かしちゃだめだよ、同じクラスメイトなんだから、仲良くしようね」

その教師だけは諦めていなかった。

この少女は他の子どもたちと少しだけ変わっているだけなのだと。だからちょっとしたきっかけさえあれば、きっと打ち解けてくれるはずなのだと、信じていた。

「ちがいます」

教師の言葉に、少女はすぐさま返した。

「泣いたという、こうどうのしゅたいはこの子で、わたしじゃありません。だからこの子が泣いたことは、この子のもんだいで、わたしのもんだいじゃないです。わたしのもんだいじゃないので、わたしにはどうすることもできません、だから、わたしはわるくありません」

少女は訥々《とつとつ》と、そして理路整然に語った。

教師は少し気圧された。少女のそれは、この年頃の子がするような決まりの悪さを何とか繕い虚勢をはるような態度ではなかった。この子は自分が悪いことをしたなどとは微塵も思っていないのだ。

こういう場合、叱りつけても意味がないことをその教師は経験上知っていた。だから、

「でも、泣いた原因を作ったのはきみじゃないの?」と問うた。

少女は答える。

「ちがいます。泣くというのはただのどうぐです。この子は、じぶんのおもいどおりにいかないので、それをどうにかするために泣いたんです。泣けば、じぶんのおもいどおりになるって、この子はほんのうでしっているから」

少女は涙を流す男の子を指さし言った。

「それこそ、赤ちゃんみたいに」

少女の言葉が気に障ったのか、また男の子は大声で泣き始めた。

男の子の頭を撫でながら、「なるほど、きみはどうしようもなく正しいね」と教師はそれを認めた。その上で、こう続けた。

「けれどね、正しさだけではうまくいかないんだよ。正しいことをすることは必ずしも正しいとは限らないの」

そして、少女の眼を見つめた。

「なぜなら、ヒトの心はそんなに合理的にできてないから」

少女はきょとん、とした。

「ごうりてきでない？」

「うん。つまり本当ならそうあるべきなんだけど、そうじゃないってことかな。まだ、まみちゃんには難しい話かもしれないけどね」

「ふうむ」

少女は年端に合わない思案げな表情を浮かべる。

「ヒトはごうりてきじゃない」

そして、その言葉を反芻し始めた。

「そう合理的じゃない。だからね、まみちゃんが正しいことを言ったとしても、みんなが納得してくれるとは限らないの。時には泣かせてしまったり、怒らせてしまったりする。それがヒトっていう生き物なんだよ、すごく面倒だけどね」

「だったら、わたしはどうすればいいんですか？」

教師は「うーん」とうなってから、こう答えた。

「優しくすれば、いいんじゃないかな。その人のことをどうやって喜ばせてあげられるかって、どうやったら悲しませないであげられるかって考えるの。そうすれば、きっとみんなに優しくなれるよ。いくら正しくても、間違ってなんかいなくても、それでも誰かのことを嫌な気分にさせたり、悲しませてしまったら、みんなとお友達になれないよ。だから、みんなに優しくしようね」

「わかりました、せんせい」

少女はそう、はっきりと返事をした。

「そう、まみちゃんは賢いね」

教師は安堵した。自分は目の前の彼女を納得させ、この場を納めることに成功したのだと。そう教師は安堵したのだった。

「わかりました」少女は頷いた。「だから、せんせいもごうりてきじゃないんですね」

「え」

だからこそ、少女が次いだその言葉を即座には理解できなかった。

「ごうりてきじゃないから、せんせいは『あのガキどもばかばっか、なんでこっちの言うこときかないんだ。しんでしまえばいいのに』とか『あのくそババアらじぶんのガキもまともに、しつけられないくせにえらそうに』とか言うんですよね」

絶句した。

今、彼女は何と言ったのか。

「なんで、せんせいはそんなこと言うのかなって思ってたんです。でも、ようやくそのりゆうがわかりました」

「まみちゃん？　何を、言っているの……」

場の空気が変わったのを感じたのか、教室中の子どもたちがざわつき始める。

「せんせいはヒトはごうりてきじゃないっておしえてくれました。だから、そんなことを言うんですよね。でも、せんせいはやさしいから、わたしたちをかなしませないように、わたしたちにわからないようにして」

少女は明るい声で言った。

「せんせいはすごくやさしいですね」

「な……何言ってるの」

教師は絞り出すように声を出す。

「せんせいはそんなこと、言ってません」

少女は首を傾げた。

「あれ、せんせい、なんでうそつくんですか？」

そしてじっと教師の瞳を見つめた。

「もしかしてうそをつくことが、やさしいってことなんですか？　でも、せんせいまえ言ってましたよ、うそをつくのはわるいことだって。ねぇ、やさしいってことは、わるいことなの？」

「ちが」

自分が次第に追い詰められていくような感覚を教師は感じていた。何故、このようなことになってしまっているのか、教師は必死に頭を回した。そして一つだけ、心当たりを見つけた。それは、

「あなた、まさか……」

「ん、どうしたの、せんせい？」

「見たのね？」

あれを見られたということはつまり。

教師の中で、何かが切れた。

「あなた……私を脅すつもり？」

「なんのことですか、せんせい？」

少女はことがわかりきっていないようなあどけない表情を浮かべる。それは教師を

殊更苛立たせた。

「ふざけないでよ、私の何が悪いっていうのよ、単に普段の鬱憤をはらしてただけじゃない、それのどこが悪いっていうの？　私だって、毎日毎日ストレスため込みながら、何とかやってんのよ！　あなたみたいな子どもに、とやかく言われるような筋合いはないわ！」

教師はまくし立てるように迫った。

教室がしんと静まった。

教師ははっとして、顔を上げる。そこにあったのは明らかに落胆の色を帯びた少女の顔だった。

「なんだ、がっかり」

少女は肩を落とした。

「何が、言いたいの？」

「いえ、ちょっとショックだったんです」

少女は言った。

「せんせいもやさしくないただのヒトだったんですね」

その瞬間、教師は少女を突き飛ばした。少女はそのまま床に倒れ込んだ。

ざわつく教室、自分のしたことに驚き、口元を押さえる教師。

そんな中で、ただ一人、床に横たわる少女だけは全く別のことを考えていた。

どうやら自分の指摘がこの教師の怒りを買ったらしい。自分は腰とそれを支えようとした腕に痛みを感じている。そうか、確かにこの現象から推察するに、正しいことをすることが必ず正しいとは限らないようだ。そのとき、少女は何よりもそれを実証できたという達成感に満ちていた。

少女には恩師と呼べるヒトが居た。

そして少女は、その教師から結局一年を通じ何一つとして学ぶことはなかったのだけれど、結局その先も彼女がクラスに馴染むことなどありえなかったのだけれど、しかし、確かにそのとき、その出来事をきっかけとして、彼女を彼女たらしめる一つの大きな疑問が、彼女の中に生まれたのだった。

ヒトは合理的じゃない。だから、正しいことをすることは必ずしも正しいわけではない。
だとしたら——その正しさの正しさを決めるものは——『ヒトの心』はどうやって定義されるのだろう？

一章

相川作久良《さくら》が情報館の扉を押し開けようとすると、ふいに胸のポケットが震えた。メールだった。

『助けてくれ、俺は何もやってない』

二度見した。

何だろう、これ。

送信元を見ると御形《ごぎょう》祐一という名が表示されていた。相川と同じR大に通う理工学部の三回生だ。助けてくれとあるが、文面には何の心当たりもなく、そもそも何をどう助けて欲しいのかすらも書いていない。

「おい、何かあったのか、相川？」

先に外に出ていた佐々木が呼ぶ。

「いや、何でもない」

心配ないわけではないが、もしかしたらただの送り間違いかもしれない。もしくは悪ふざけの類いか。

『何のこと？　どうかしたの？　相川』

とだけ打って、相川はメールを送った。

＊

相川は慎重な足運びで、重心がぶれないようゆっくりと歩いていた。先程まで着ていたジャケットを脱いでTシャツ姿になったことを後悔していた。木の表面がちくちくと肌を刺激している。夏用の七分袖のジャケットとはいえ、着ていればもう少しましだったろう。加えて抱えている一つ一つの木片は長さも太さもバラバラで、結わえてもいないのでバランスを保つだけで一苦労だった。そのうち小さな一片だけが右腕から零《こぼ》れ、からんと音をたてた。「おっと」どこかに行かないように左のスニーカーでそっとそれを押さえつける。他の木片も零れそうになるが、しゃがむようにして履いていたジーンズで下支えし難を逃れた。

相川が周りを見回すと、抱えているのと同じような形状の木片の固まりが、床に無造作に置かれている。しかしよく見ると壁に沿って一応の規則性を持って並んでいるようだった。

「ええと、これはここに置いておけばいいかな？」

そう声をかけると「はいっ」と返事をし、部屋の隅で集まっていた学生の中の一人が駆け寄ってくる。

「そこらへんに放っちゃって大丈夫です」

間延びしたその声を確認し、相川は抱えていた荷をそっと下ろした。

「すみません。ほんまありがとうございます、助かりました」

彼女は深々と気持ちのいいお辞儀をした。

「いえいえ、じゃあおつかれさまですー」

相川はそう言って風除室から外に出た。

扉の隙間から差し込んだむわっとした湿気と熱気に包まれる。次に眩しさがやって来て、思わず相川は手でそれを躱《かわ》した。情報館はR大のキャンパスの北端にあるが、その東側近辺にはそれを遮るような高い建物はないので、日差しは直接体にぶつかってくる。滋賀の盆地特有のじめっとした暑さだ。髪を切っておけばよかったと相川は思った。別段髪型に拘りがあるわけではないが、床屋に行くのが面倒で伸びるに任せていた頭髪は既に耳を覆う程に達していた。その長い髪が熱気を絡めて頭に覆い被さり、体感温度を倍増させる。

「うわ、あっちぃー」

「そりゃ夏だからな」

どこからか、そんな声がした。日差しを遮っていた手を少し上に上げる。二年前くらいから節電との名目で水を噴くという働きをやめ、ただの水たまりと化している噴水場が見える。その手前側で汗だくの佐々木が、何か言いたげな顔をして腕組みしていた。

「おい、何してるんだよ、相川……」

佐々木の着ていたベストは変色し、かけている眼鏡にも額の汗が滴っている。その立ち姿が彼の言いたいことを何よりも雄弁に語っていた。

「いや、何というか成り行きでさ」

外に出ようとしたら、大量の木材を抱えた学生が情報館に入ってきた。最初はそれを躱《かわ》そうとしたが、その学生は木材を固定しておらずあまりにも不安定だったので、居てもたってもいれず、相川が助っ人を申し出たのだった。

「だからと言って、運ぶのまで手伝う義理はないだろ、成り行きで十数分もつきあうなよ」

佐々木は呆れた表情を浮かべる。

「自分をないがしろにして他人にばっかかまけてたら、お前いつかマジで損するぞ」

「別に、こんなの損得考えてやるもんじゃないでしょ」

「はぁあ、さらっと言いやがって。ほんと、人がいいっていうか、さすが優等生さまは違うねぇ」

相川はむっとする。

「別に、そんなんじゃないよ。すれ違うのも危なっかしくて。ただのついでだ」

はいはい、じゃあ今度、ついでに世界でも救っておいてくれだの何だのと佐々木は皮肉った。

「とりあえず早く創造館に行こうぜ、あんま遅くなると全部回れないだろ？」

そう言って、気持ち早歩きで相川たちは歩き出した。滋賀県にあるR大の草津キャンパスには田舎の大学特有の広さがあった。創造館はキャンパスの正門から見てもっとも奥の南側にあり、校舎の中では比較的正門の近くにある情報館（それでも正門から歩いて五分ぐらいの場所にある）とは正反対に位置している。もたもた歩いているとー〇分近くかかってしまう。

「それにしても、何かあるのかな」

歩きながら、相川は目線で情報館を示した。木材を運び込んで、彼らは何をするつもりなのだろうか。情報館は図書室やコンピュータールームのある建物だった。学生のアカウントがあればインターネットも自由に使えるため、休み時間中の暇つぶしや自習に学生たちがよく集まっていた。逆に言えばそれだけなので、木材を扱うようなスペースなどないはずなのだが。

「今週末、学園祭だからじゃないか？　ちょうど今準備期間中なんだろ」

佐々木の言葉を聞き、相川は得心する。

「ああ、もうそんな季節なんだ」

Ｒ大は学生数が多いだけあり、学園祭もそれなりに盛大に開催される。学園祭一週間前は準備期間という形で、キャンパスの教室が学生たちに解放され、講義も一時的に休講になっている。

「そういや、最近工事とかしてたけどあれは学祭のやつだったんだね」

「うちらみたいなサークルに入ってない組にはあんま関係ないけどな。それにうちらにはこんな一大イベントがあるし」

佐々木は紙の束を見せてきた。先程、図書室のプリンタで印刷したばかりの資料だ。

「で、結局相川はどこにするんだ？」

「いや、どうだろうね」

相川はそう言葉を濁した。

「何だよ、まだ悩んでるのかよ」

佐々木は小馬鹿にするようにため息を吐く。

「もう締め切りまで一週間もないぜ、いい加減自覚しろよ。俺たちは今、人生最大の岐路にさしかかっているんだ。ここでのミスは、一生のミスに繋がると言っても過言じゃない。いいか相川、一生を決めるんだぞ！」

ちなみに相川が知る限り、佐々木の人生最大の岐路はこれで四度目であり、最近の岐路は「ホットコーヒーか、アイスコーヒーか」だった。

『この梅雨入り前の夏直前、果たしてホットがいいのか。それともアイスのほうがおいしいのか。これは人生最大の岐路だぞ』

そういうわけで、彼の文句を相川はほとんど話半分に聞いているのだけれど、話半分に聞いてもそれは随分耳の痛い話ではあった。佐々木の言うことはもっともだったからだ。

「何というか、決め手がなくて。ポスターとか見てると、どこもいいところのような気がしてくるし」

相川は佐々木の手から資料を奪い、それを眺めた。

「案外難しいな、研究室選びって」

今年、相川たちは情報理工学部の三回生になった。情報理工学部は情報系の中でも理工学に関連した学問を学ぶ学部で、日本ではR大に初めて設立されたらしい。情報理工学部のカリキュラムの内容は主に計算機、つまりコンピュータやネットワーク関連の知識や、それを使う立場である人間の生態や脳の仕組みなど様々だ。そのため、取らなければならない講義や単位も多岐にわたるのだが、三回生もその年の半分を過ぎると（順調にいけばだが）卒業のための単位のそのほとんどは取り終える。しかし、大学卒業のためには最後の、そして最大の関門が待ち構えている。それが卒業研究だ。

「どういう卒研をしたいってイメージもないし。それで研究室を選べって言われても正直ぴんとこなくてさ」

卒業研究のため、相川の所属するR大情報理工学部では三回生の下期に研究室配属がある。そこで一年半研究し、その研究成果を卒業研究として発表し、成果が認められれば無事卒業となるわけだ。

「そんなのわかってるやつなんていねぇよ。あんまりよくわかんない上で、それでもそのよくわかんない情報を元に決断すんだよ。いいか相川、人生の決断なんて大体そんなもんだ」

そうやって、何でも知ってるように佐々木は言った。

「そもそもお前は優柔不断なんだよ。いわゆる優等生タイプが陥りやすい典型だな。何でもうまく模範解答ばっかり目指すから、いざ重大な選択を目の前にするとつい日和っちまう」

理不尽な物言いに、けれど正論過ぎて返すことができず、小狡いが「そういう佐々木はどこにするか、決めてるの？」と質問で返す。

「ふふふ、よくぞ訊いてくれた」

そう言うと相川が持っていた紙束の中程から一枚取り出した。

「俺はしっかりと堅実な将来設計をしてるからな。まぁ、総合的に考えてやっぱりここだな」

そして目の前に突きつけてくる。

「近い」

顔に当たっている。相川はそれを払った。

「えーと、生体知能研か。確か、人の体の機能について研究しているところだっけ」

「ああ、そうそう、たぶんそんな感じ」

大分ファジィな回答だった。

「……ねぇ佐々木、ちゃんと研究内容把握してる？」

「まぁ、待て待て、聞いてくれよ相川くん。これには理由があるんだ」

相川を手のひらで制しながら、芝居がかった口調で佐々木は反論する。

「いいか、冷静に考えればわかる話なんだが、うちら情報系や工学系の分野は指数関数的に日進月歩でさ、そりゃもう毎日技術が飛躍的に進歩しているわけだ」

「うん、そうだね、でそれがどうした」

「最後まで話を聞けよ」

もっともらしく佐々木は咳払いした。

「実質、学部生の持ってる知識なんてあってないようなもの、卒論書き終わって半人前、修士卒業でようやく一人前、そう、つまり俺たちは半人前以下なわけ。まだなーんにも知らない赤子に等しいわけだ」

「その点には同意せざるを得ないけど」

実際、企業の研究開発の職種に応募するためには、大学を卒業して得られる学士の資格だけでは足りず、その後大学院に進学し取得できる修士を持っていなければならない、あるいは取得していなければほとんど採用してもらえないと聞いたことがある。

「そんな俺たちが研究内容を軽く聞いただけでその神髄を理解できるのだろうか、否否、断じて否だ」

佐々木は力説した。

「いや、確かに正論だけどさ。それでも研究室決めないといけないから困ってるんだろうが」

「そう、だから俺は考えに考えた、その最大のジレンマを解決する方法を。そして決断したんだ」

握り拳を突き出すと声高々に言った。

「そうだ、所属してる女の子の数で研究室を決めようってな」

つまり、佐々木は考えることを止めたらしい。

「何を隠そう、生体知能研は女子率がダントツのトップ、女子は何でか仲良しこよしの連中が多いから固まって同じ研究室希望するやつが多いんだよなぁ。そのせいで例年この研究室には女子が多いんだ。おいおい相川、いくら名案だからといって、俺をそんな尊敬に満ちた眼差しで見るなよ」

「お前の辞書では尊敬は軽蔑の同意語なのか？」

だとしたら完全な不良品だった。

「……俺だって、こんな悲しい結論を出したくねぇよ。でも、考えても見ろよ。大学入学前、バラ色のキャンパスライフを思い描いて入ってみれば、百数十人居る学科の中で女子がたったの五人って……。しかも俺、その彼女らとまともに話したことすらないし」

これは相川も大学入学後に知ったことだが、大学の理工系、特に工学系寄りの学科はそのほとんどが男子で、女子は数える程しか居ない。相川らの所属する情報理工学部も女子は一割居ればいいほうで、相川の代は際だって不作だったらしい。

またR大は大きく文系と理系でキャンパスを分けているのがそれにとどめを刺しており、そのせいで相川らの居る草津キャンパス自体にそもそも女子が少なかった。しかも何故かチェックのシャツを着たややオタク気質の学生が集中しているため、草津キャンパスを縦断する大通りは他キャンパスの文系の学生たちからガンダムロードと揶揄されていた。

「情理のパンフレットに使ってあった写真は学生男女半々な感じだったのにさぁ、入ってみたらこのざまだよ。あれサギじゃねぇか。そんな俺がこの後に及んで色欲に溺れようと、一体誰が責めることができようか、否、できない！」

「お前、色欲に溺れるために研究室入るの？」

堅実な将来設計はどこに行ったんだ。

「うるさい、まだ微塵も決め切れていないお前には言われたくないわ」

それにはぐぅの音も出ない。

「一応他にも理由はあるぞ。生体知能研は卒業生の就職先がいい。何でも担当教員の荻教授がメーカー出身らしくてさ、顔が利くって噂だし」

佐々木に渡された資料の卒業後の進路の欄を見ると、生体知能研は大手メーカーの名前が並んでいた。ふうん、と頷きながらもどうも眉唾ものだと思っていた。単に人気のある研究室だから、優秀な学生が集まった結果、卒業生の就職先が良くなっているだけかもしれない。

「研究内容以外もいろいろ調べてるんだね」

「そりゃそうだよ、研究室って研究内容以外にもメンバーの雰囲気とか、教員との相性とかも大事だしな。全然かみ合わなくて、あげく病んじゃう学生も居るって話だし。ミスったら、最低一年半は地獄だぞ」

それは確かにぞっとしない話だ。

「一応ほんの少しの出来心で極めて参考程度に訊いておくけど、他におすすめのところある？」

「やけに引っかかる訊き方をするな……そうだなぁ、まぁ、やっぱり興味のあるなしで選んだほうがいいだろうな。好きな授業とか嫌いな授業とかないのか？」

「ない。そもそも授業っていうのはな、好き嫌いとかじゃなくて」

「あぁー、そういう優等生的なのいいから、まじめに考えろ」

がっつりだめ出しされた。

「ふむ」

軽く腕組みしながら、相川は考えた。

「ああ、でもプログラミングする授業は結構好きだったかもしれないな。こういろいろ考えながらソースコード書いて、思い通りに動いた瞬間とか楽しかったかも」

情報理工学部はC言語のプログラミングの授業が必修であった。C言語はプログラムがどのように動作するかを記述するのに必要なソースコードに利用するプログラミング言語の一種だ。複雑なプログラムを作るために膨大なソースコードを書く場合はある程度論理的な考え方が要求され、同級生の中には酷く苦手にしている学生もいたが、相川はそれを得意としていた。自分の作りたいプログラムを作るにはどのようにソースコードを書けばいいのかと考えることは大変だったが楽しかったし、特にプログラムが正常に動いた瞬間の達成感は何とも言えない快感だった。

「だったら、画像情報研とかはどうだ？」

佐々木はそう相川に提案した。

「そこって、確か吉原教授のところだっけ？」

吉原は教授陣の中では比較的高齢で、京都訛りの入った柔らかい関西弁が印象的な人物だった。人柄も言葉遣いと同じく朗らかな印象で、ロボットアームなどの制御理論や方法を学ぶ古典制御理論の授業を担当していた。

「先輩らの噂だけど、あそこは結構プログラミング使うって聞いた気がする」

「そっか、確かロボットとか画像認識とかも扱ってるから、それでかもね」

画像認識とは、カメラを使って人の顔を見つけたり、撮影した物の種類を判別したりする技術のことだ。それをプログラムで作るのか。少なくとも自分の知識ではそこまでの動作をするプログラムを作ることはできない。一体、どういうふうに動かしているのだろう。

「ふーん、確かに面白いかも」

次第に興味が湧いてきた。

「ただ、留年率がダントツで高い、らしい」

「え？　何で？」

「わかんねぇけど、もしかしたら教授が厳しいのかもな。陰で『鬼の吉原』って呼ばれてるらしいし」

佐々木の話を聞いて、相川は驚いた。吉原教授はどちらかと言えば温厚なイメージがあっただけにそれは意外だった。

「あと、卒業生の進学先が、何というかぱっとしないんだよな。他の研究室と比べると知らないとこばっかりだし」

そう言って、佐々木が見せたリストに並ぶ企業名に相川は一つも心当たりがない。どこかで聞いたことがある名前もあるような気もしたが、所謂大企業の名前は一つもなかった。

「それと最大の問題が……」

深刻そうな顔で佐々木は言うが、こういう場合どんなことを言い出すかは、今までのつきあいで相川は大体想像できていた。

「どうせ、女子が居ないとかだろ？」

図星だったのか、佐々木は「うっ」と声を上げた。

「いや、居ないことはないんだが、その……ううん、まぁ居ないも同然かな。というより、まだ居ないほうが良かったというか……」

大分歯切れが悪い。

「何だよそれ？」

「どっちにしてもドMじゃないとしんどいかもな」

佐々木は言う。相川は佐々木の言うことを理解できなかった。

「それ、どういう研究室だよ……」

そんな性癖を求められる研究室なんて聞いたことがない。いずれにしても、それらの噂を聞く限りは避けたほうが無難かもしれない。興味を持っただけに、相川は少し落胆する。

「他にも似たような分野の研究室は結構あるし、ここに拘らなくてもいいかもな。計算神経研とか、知能システム研とか」

「あれ、でもそこらへんはどちらかというと人工知能の研究じゃなかったっけ？」

「ああ、えーとたぶんそういうのだな」

「佐々木、何でそこだけ覚えられないんだ……」

余分な情報は覚えているくせに。

「だから、そういうのを先輩らに訊くために今から研究室見学するんだろ」

佐々木の提案で、相川たちは研究室見学をすることにしていた。といっても事前にしっかりとしたアポを取っているわけではなく（もちろん、簡単な許可だけは取っているが）ゲリラ的に訪問して、実際に研究室の様子を見たり、直接先輩らの話を聞くことで生の情報を集めるのが狙いだった。

外に出て一、二分歩いたところで南中した容赦のない日差しにやられそうだったので、冷たい飲み物でも買おうと同盟館の売店に立ち寄った。

「あれ」

同盟館の食堂寄りの扉を開けようとするが、そこで相川は違和感を覚えた。

「ん、どうした？」

「いや、その何か足りないような気が」

数歩下がってみる。そして数歩前に歩く。また数歩下がる。

「あ」

そんな行動を繰り返すうちに、相川は違和感の正体に気がついた。

「ここらへん、何かなかった？」

自分で口にして確信した。間違いない。同盟館の横、食堂側入り口のスペースにあったもの。それがぽっかりとなくなっていたのだ。

「ああ、そうか相川は知らないのか、壊されたらしいぞ昨日の深夜に」

佐々木は何でもないことのように言った。

「壊した？　あれを？　何で？」

「知らねぇよ。でも噂だと学園祭を中止に追い込みたかったらしいけどな」

「はぁ？」

佐々木の話によると破壊されたのは学園祭の中央ステージに当たる部分のセットだったらしい。学園祭ではバンドやダンスサークルなど学生達の演し物の他に、プロのミュージシャンのライブも開催される。それが行われるのが中央ステージだ。同盟館付近に建てられる中央ステージは学園祭の中心であり、象徴とも言える設備だった。専門の業者に発注して、毎年かなり本格的なものを作っている。以前、人づてにその値段を聞いたことがあったが、相川の予想よりもゼロが二つ多いものだった。

事態が発覚したのは昨夜未明。部材一つ一つの破損状況が酷かったようで、特に被害が大きかったのは昨日から設置していたスピーカーなどの音響装置関係だった。今朝復旧作業が行われたらしいが、結局全部撤去することになったらしい。

「結構大がかりなセットだったからな、そのまま組み直せばどうにかなるってものじゃないんだろ。朝の一〇時くらいにはもう全部撤収してた。額的にはかなりの損害らしくて、しかもレンタルしてた機材もぶっ壊されたから被害が酷くてさ。一時は本当に学園祭中止もあるんじゃないかって噂も流れた」

「そんなことになってたんだ。しかし、馬鹿なことをする人も居るんだね」

相川は理解に苦しんだ。そもそも学園祭は自由参加だし、そんなに嫌ならば、来なければいいだけだろうに。そんな行為を犯す必要性がわからない。

「何でも犯人はうちらの同級生らしい」

「へぇ、何学部の人？」

「えーとな」そう言って佐々木は携帯をいじった。「あ、あった。えーと、理工学部の御形祐一ってやつ」

「え」

相川は耳を疑った。それは随分と聞き覚えのある名前だった。

『助けてくれ、俺は何もやってない』

相川はようやくあのメールの意味を悟った。

＊

「驚いた、犯人と友達だったのか？」

先程のメールの話をすると佐々木はわざとらしく目を瞬きさせた。

「同じキャンパスに居るんだから、別に知り合いでも、そんなにたいしたことじゃないだろ」

「いや、そもそも相川に友達が居たのかと」

佐々木は軽薄に言う。

彼は何かにつけて、相川に友達が居ないことをネタにする。それが相川にとっては快いことではなく、かといって不快という程でもなかったのだが、ひどく面倒ではあった。佐々木は友達とやらがこの世界の絶対的な評価基準なんだと勘違いしているんじゃないだろうか。こういうやつが、SNSで馬鹿みたいに誰かの書き込みに「いいね」をつけまくっているんだろう、と相川は勝手に値踏みしていた。

「しっかし、何考えてるんだろうな、この御形ってやつは。学園祭に何の恨みがあるのかね？」

「でも、御形はやってないらしいよ」

今度は相川が御形から来たメールを見せる。

佐々木は不承不承といった顔で一応画面を一瞥するが、

「あのなぁ、やったやつは誰でもそう言うんだよ」

と全く信用していない様子だった。

「やってないやつも誰でもそう言うよ」

相川がそういちゃもんをつけると、

「そりゃ当たり前だ。でも、今回ばっかりは黒だろ。証拠もあるんだし」

そう言って、今度は佐々木が携帯の画面を見せてきた。

その写真に写されていたのはこの前まであったはずのステージだった。ステージの床の部分が何かとがった物でえぐられているようだった。人の腕の太さぐらいある鉄柱にも何かで殴って折り曲げられたような跡が入っている。そして、その中央には金槌のようなものを振り下ろす御形祐一が居た。

「…………」

斜め上からステージを見下ろすような形で撮影されていた。夜中に撮られたようだが、全体的に鮮明に写されており、ぼけも少ない。そこに写されている顔はどうやら自分の記憶する御形祐一と同じらしかった。

「今朝何かのSNSにアップされたらしくて回ってきてた。今、キャンパス中で噂になってる。本人は見られてないと思ったんだろうけど、がっちり撮られていたらしい」

と佐々木は言うが、がっちりにも程がある。これだけ真正面からはっきりと撮られているのに、撮影された御形は気づかなかったのだろうか。

「最近は何でもSNSに上がるね」

「まぁ、今や国民総マスコミ時代だからな。しっかし、怖いよなぁ。御形のやつもうこんなものまでさらされてるぞ」

そう言って佐々木はもう一度携帯を見せてきた。相川は目を凝らす。

「えーと、手書きの文字、作文か何か？　何て書いてあるのかよくわかんないけど」

「御形が小六の頃に書いた作文、テーマは将来の夢、何でも御形は将来正義のヒーローになりたかったらしい。いやはや小六にしてはちょっと幼稚な夢だよな」

頭を鈍器で殴られたような感覚だった。

「ちょっと待て、そんなのもさらされてるの？」

「最近は名前と所属さえばれれば個人特定なんて一瞬だしな。何せそういうのが大好きな輩がごまんと居るし。ハンドルネームで作ってたSNSのアカウントも特定されて現在炎上中、その後、高校時代に書いてたらしいポエムブログも見つかったんだってさ。名前も顔写真もさらされてるし、こりゃもう二度と大学に来れないかもな」

「いくら何でも悪趣味にも程があるよ」

「俺だってそう思うさ。でも御形にだって非はあるだろ、器物損壊、れっきとした犯罪だ。それがばれちまったんじゃ、どんな嫌がらせされても、しょうがないだろ」

「しょうがないって、そんな」

御形本人の気持ちになって考えれば、とてもそんな言葉を鵜呑みにはできなかった。

「それに御形がやったって、まだ決まったわけじゃないでしょ」

相川がそう主張すると、佐々木は目を大きくした。

「信じるのか？　たったメール一つで？」

相川はそう反論する。

「ネットの誰のだかわからないような投稿を信じるよりは幾分か健全だと思うけど」

「じゃあ、この写真は何なんだよ」

佐々木はもう一度先程の写真を見せつけてくる。どう見てもそれは御形がステージを破壊しているようにしか見えなかった。

「それは、そうだな例えば……偽造写真とか」

特に確信を持っていたわけではないが、そんな思いつきが口から出た。

「どうやって？」

「そうだな。例えばどこかで撮影した御形が写っている写真から御形の体にそって切り出し、壊れたステージを撮影した別の写真に貼り付ける。これくらいだったら、時間さえかければPC付属のペイントソフトでできるし」

そう言いながら画像に継ぎ接ぎがあるんじゃないかと写真に写っている御形の身体の部分を拡大してみる。しかし、それらしき物は見当たらない。相当丁寧に画像を切り抜いたのだろうか。

「偽造写真ねぇ、これを見てもそう思うか？」

佐々木は見せていた携帯の画面をタッチし、そのままスライドさせた。

「これは……」

それは同じアングルから撮られた何枚もの写真だった。

「合計三〇枚以上、全部御形の犯行現場を撮った写真だ。もう、ネット上にまとめサイトができてる」

相川は呆気にとられた。さすがに、これは『無理だ』。

「俺だって、偽造の可能性くらい考えたよ。これでもリテラシを勉強した情報系だぜ、うさんくさいのはさすがに疑う。でもこの三〇枚以上を全部偽造するのは相当難しい、てか面倒くさいだろ」

その画像に写っている御形はそれぞれ違う姿勢を取っている。つまり、この偽造写真を作るには一つ一つ別の画像から御形の体を丁寧に切り出す必要がある。一枚につき、偽造の作業を計三〇分ぐらいで済ましたとしても、一五時間はかかる。その上、

「もし、御形に嫌がらせをするにしたって、そんなの一枚、仮に偽造であることを疑わせないためにするにしても、それでもせいぜい二、三枚の写真でいいはずなのに、三〇何枚も偽造写真作る理由があるか？」

佐々木の言うことはもっともだった。一つ一つ作るのに時間がかかる偽造写真の枚数を積極的に増やす理由がないのだ。

「だとしたら、あるのかもしれない？」

相川は言った。

「は？　何がだ？」

「うちらが知らない、大量に偽造画像を作る方法が」

佐々木はがっくりと項垂れるようにして肩を落とした。

「あのなぁ、相川、いい加減疑うことを覚えろよ」

「ん、疑うって何を？」

佐々木は眉間にしわを寄せた。

「御形に決まってるだろうが。お前と御形ってやつがどれだけ仲が良かったのか、奴を信じたいのか知らないけど、これは完全に黒だろ」

「それが本物だとしたらだよね？　佐々木、その画像、後でメールで送ってくれない？　そのサイトのリンクでもいい」

「いいけど、何に使うつもりだ？」

「少し調べてみたくなった。やっぱり、僕には御形があんなことをするなんて信じられないから」

「お前、正気かよ。あんなメール一つで信じるのか？」

「うん。まぁ、御形も助けてくれって言ってたし」

「落ち着けって、お人好しも過ぎる。そんなの他の連中にも送ってるに決まってるだろうが。そのうち誰かが真相を突き止めるさ。下手なことに首突っ込んだら馬鹿を見るぞ」

「そんなもの、やってみないとわからないよ」

「やってみてからじゃ遅いんだって。お前の本当にやるべきことは何だよ、自分のやるべきことをやんないで、他人のことにかまける資格なんて……」

「なぁ、佐々木」

「何だ？」

相川はわざと口角を上げて見せた。そして、

「あんまりよくわかんない上で、それでもそのよくわかんない情報を元に決断すんだよ」そう言った。「人生の決断なんて大体そんなもんらしい」

佐々木は呆然としていた。

「お前なぁ……」

「あと、思いついたんだ」

そう言って相川はわざとらしくピースサインをして見せた。

「やるべきことを二つ同時にやる方法」

＊

「えーと、ここで合ってるよな……」

見上げた吊り看板には「画像情報研究室」の名前があった。

やるべきことを二つ同時にやる方法、それは単に、あの写真のことを研究室の先輩

方に訊きに行く。ただそれだけだった。そうすれば、研究室を見学しながら、あの写真のことも詳しく調べることができる。一石二鳥を狙ったあまりに浅はかな捕らぬ狸の皮算用だが、ともあれ相川は創造館を訪れていた。

草津キャンパスでは研究室棟と講義などが行われる教室は建物自体が分かれている。情報理工学部の講義は一般教養などの出席学生数の多い講義ならキャンパスの中央付近にある光彩館、人数の少ない講義ならその東側に位置する小教室の多い森林館で行われることが多い。そして、情報理工学部の研究室は全てこの創造館に集まっていた。目当ての画像情報研究室は創造館の四階にあった。

「すみませんー、どなたかいらっしゃいますかー？」

相川の間延びした声に、しかし返事はない。何度か試みるが、やはり返答はなかった。扉の小窓から部屋の中を見通そうとするが、机のパーティションで遮られている。角度を変えてみるが奥までは見通せない。日の光が部屋に差し込んでいるので見えにくいが、天井を見上げると蛍光灯はついている。ならば、部屋に人は居るのだろうか。引き戸に手をかける。どうやら、鍵は開いているようだ。

「失礼します」

誰に向かってでもなく儀式的にそう言って、相川は部屋に入った。しかし、人影は見当たらない。しかも、入ってみてわかったが大分蒸し暑い。どうやらこの暑い季節だというのに空調が入っていないようだった。

まさか誰も研究室に居ない？　平日の昼過ぎに？　もしかして休み、とか？　あれ、でも研究室って休みとかあるのか？　それに鍵も開いていたし……。

思考を遮るように、ふいに甲高い音が鳴り出した。

「え!?」

全身が粟立った。何だ？　どうしたんだ、何かしたか？

これは電子機器が異常を通知するために発するビープ音だろうか。先程まで静かだった部屋にその音だけがけたたましく響いていた。

とりあえず、早く止めなければ。どこからこの音がしているのだろう。もっと奥のほうか。耳を頼りに、何故かすり足気味になりながら歩みを進める。そして止まって、再び耳を澄ます。見つからない。どこだ。確信は持てないが、どちらかと言えば左のほうだろうか。急いで切り返す。

足が引っかかった。

「うわっ」

前のめりになるが、すり足だったのが幸いし、逆の足を踏み出して何とかこらえた。大丈夫。でも、今何を蹴り飛ばした？

足下を見る。そこには黒い塊があった。黒い、毛布？　に何かが包まっているようだ。捲る。黒い髪。頭。人の頭だ。そこには人が横たわっていた。小柄な体躯だった。子どもだろうか。

「あのー、すみませんー」

声をかけるが、返事はない。

そもそも、何故こんなところに人が倒れているのか。しかも何かを抱え込むようにして——それは毛布に絡まってしまっているようでよくわからない。

相川は腰を落とし、その人物の肩に触れると、ゆっくりと身体を揺すった。けれど、何の反応もない。しかも心なしか、手のひらに伝わるその温度をやけにひんやりと感じた。背筋に悪寒が走った。

この暑さでしかも毛布に包まっていたら、本来ならその体温は相当上がっているはず。なのに、この感触、もしかして、

「……死ん、でる？」

「——死んでないよ。すごく生きてる」

それは喋った。少し高めの声だった。

「なっ」

思わず後ずさりする。

黒い影は起き上がった。それを覆っていた物が、捲れる。まるで血が通っていない

ような青白い肌に幼い顔つき、腰くらいまで延びたやや乱れ気味の長髪、そして小柄な体躯、それは女の子だった。

「すごく痛い」

女の子は両の目を閉じたまま、頭を押さえている。先程蹴り飛ばしたのはどうやら彼女の頭部だったようだ。

「すみません、その」

相川は咳払いして頭の中の言葉を整理する。

「そんなところに人が居ると思わなくて」

大丈夫ですかと言って、近寄ろうとするが、

「待って」

それは彼女の手のひらで制された。

「血がすごく足りてない」

「あ、はい」

なすすべもなく数秒、沈黙が続く。先程鳴っていたビープ音はいつの間にか鳴り止んでいたようだ。結局、何の音だったのだろう。いや、まぁ今となっては些細な問題になってしまったのだが。

相川は目下の大問題であるその女の子を目の端で見た。

　女性は黒い毛布を羽織っていた。さっきまでこれに包まっていたのだろう。それはただの毛布ではないようで、女性の首元あたりでマントふうにボタン留めされていた。愛と勇気だけが友達の菓子パンヒーローみたいなやつだ。テレビか何かで見たことがある。確か着る毛布というやつだったか。

　毛布の下はTシャツと短パンで大分ラフな格好だ。もしかして寝間着、だとしたらさっきは倒れていたんじゃなくて、ただ寝ていたのか。ということは、先程の血が足りないっていうのは、本当に血が足りないのではなくて（それならまるでヴァンパイアだ。見た目も黒いマントを羽織ってそれっぽく見えなくもないが肝心の迫力が足りていない）、単に頭に血が回ってないということだろう。顔色も青白く見えた。貧血気味なのかもしれない。でも、こんな真っ昼間に寝てるのか、しかもこんなところで？　その隣にあったのは大型のサーバ用PCだった。さっきまで抱えていたのはこれか。でも、何でこんな物を抱えていたのだろうか。

　しばらくして彼女は瞼をこすると、それまで瞑《つぶ》っていた目を開いた。

「……すごく寒かったから、仕方がなかったんだよ」

　これすごく暖かかったし。そんなふうに少女はぶつぶつとつぶやき始めた。

「へ？」

　何のことだろうか。

「ん、だれきみ？」

そのとき初めて存在を認識したのか、まだ寝ぼけ眼の女の子が怪訝そうに相川の顔をのぞき込む。

「泥棒？」

「ち、違います」

必死に、首を横に振る。

「その、すみません。勝手に入って。ちょっと用事があって……ええと」

何と言えば、疑いは晴れるだろうか。少しだけ考えて、

「僕は情理三回の相川作久良というものですが」と名乗った。

「あいかわさくら？」

目の前の女性は感情を込めずにそれを反芻した。

「後輩君か。出席番号すごく早そうだね」

「はい？」

意味がわからない。

「どういうことですか？」

「わかんない？　もしかして君、千葉県出身？」

「え？　あ、はい、そうですけど」

だが、何故突然そんな話になるのだろう。

「ふむ、納得」

そして、勝手に納得されても困る。意味が全くわからない。というか、さっきから置いてけぼりにされてばかりいる。

独特の雰囲気というか、リズムを持っている女性のようだった。話していてもどこかボタンを掛け違えたような違和感がある。そもそもさっきのはちゃんと会話になっていたのだろうか。かみ合わなさすぎて、まるでロールプレイングゲームの街人と話しているみたいだった。

落ち着いて状況を整理してみよう。さっき、後輩と呼んでいたから、一見中学生にも見えるこの女性は（というかさっきのさっきまで完全にそうだと思い込んでいたのだが）、一応相川の先輩ということになるのだろう。四回生、もしくは修士の学生だろうか。

とりあえず、何かこっちから言わないと。

「あ、あの」

「じゃあ、おやすみ」

彼女はその場に丸くなると、またころんと横になった。

寝やがった。

この人、寝やがった。

「え、ちょっ、起きてください！」

体を揺する。

寝ぼけ眼をこすりながら、彼女は再びゆっくりと起き上がる。

「えー、何でー、ちゃんとおやすみって言ったよー」

不服そうに口をとがらせる。

「何言ってるんですか、今昼間ですよ！」

いや、本当はそこだけに戸惑っているわけではないのだが、何と言えばいいのかわからずそんな言葉が口をつく。

「君の習慣を世の常識みたいに言われるのはすごく困るなぁ」

「いや、紛うことなき世間一般の常識だと思うんですけど」

「そうかな。でも今頃、イギリスの人は爆睡中だと思うよ」

「でしょうね、イギリスは今時差的に深夜ですし」

彼女は目を大きくした。

「ふむ、君はなかなかに屁理屈を言うね」

それはこっちの科白だった。

だめだ、このままでは一向に話が前に進まない。思い出せ、本来の目的を。自分は何のためにこの研究室に来たのか。

　その目的を果たす（御形の写真のことを訊く）相手が彼女で良いのかという疑問は少々、そこはかとなく、いや実質かなりあるのだけれど、今この場所には他に誰も居ないわけだし、ここまで来て何も成果を得ずに引き下がるというのも何だか決まりが悪かった。

　相川はやや強引気味に話を切り出した。

「あの、この研究室の方ですよね。折り入って、お伺いしたいことがあるんですけど」

「いやだ」

　ぶった切られた。

「はひ？」

　予想していなかったので、思わず間抜けな声を上げる。

「え、そんな、何で」

　まだ、何も言っていないのに。せめて話だけでも。そう続けようとしたが、

「知恵を貸してくださいとかそんなふうなこと言うんでしょ？」

　声が上がらなかった。

　思考が完全に止まってしまったことに気がつき、無理矢理頭を動かそうとするがう

まくいかない。何故彼女はそんなことを言ったのか？　自分はまだ何も言っていないはずなのに。

「ほら、図星だ」

そんな考えが顔に表われていたのか、相川の顔を見ると彼女は口元だけで微笑んだ。

「さっき話してるとき、君の足が微妙に貧乏揺すりっぽくなってたの気がついた？何か焦っていたのかな。あと目線も逸らし気味だね、後ろめたいことの現れかな。そもそも、勝手にこの研究室に入ってきたっていうことからも結構君の中では切羽詰まっているのかもしれないね」

こちらに一分の間も与えず、矢継ぎ早に続ける。

「それに君は私が研究室のメンバーであることを確認してから、質問を切り出してきた。ということは君が今からお願いすることは十中八九この研究室か、もしくはこの研究室関連の専門的内容に関すること。うちだと、画像か、もしくはロボット関係かな。とにかく事前アポもなく、しかも世間知らずの多い年代の大学三回生からのお願い……正直嫌な予感しかしないなぁ」

完全に見通されていた。具体的にはまだ何も言っていないはずだ。それなのに、彼女は先程の数言のやりとり、自分の所作からそこまで辿り着いたのか。

驚愕していた。そして、同時に彼女に対して畏怖を感じた。先程まで漠然と抱えていた彼女への不安、それは別の形で裏切られた。間違いなく、この人は『できる』人だ。しかし、だからこそ逆に相川の腹は決まった。だったら、今更繕ってもしょうがない。

「確かに先輩のおっしゃる通りです」

それを認めた上で相川は言った。

「濡れ衣を着せられた、僕の知り合いを助けたいんです」

そう言って、相川は肩にかけていた鞄から一枚の紙を取り出した。

「これを見てもらえますか」

そう言って彼女に手渡したのは例の写真だった。佐々木にメールで送ってもらい、情報館の図書室で印刷したものだ。

「この写真を証拠にその友人は学園祭をめちゃくちゃにしようとした犯人として疑われてるんです。ネットでも広がってるみたいで」

それを受け取るとちらりと一瞥だけし、

「なるほど、それはすごく災難だねー」

全く他人ごとのように、事実他人ごとなのだが、彼女はそう返す。

構わず相川は続ける。

「でも、あいつは言ったんです。何もやってない、助けてくれって。このままじゃ、噂が広まっていって、御形は大学に戻って来れなくなる。だから、助けてやりたい」

「ふむふむ、それはなかなか殊勝な心がけだね」

「だから」

「〝だから助けてください〟って？」

全てを言い切る前に、彼女は口を挟んだ。

「そもそも、何で私が手伝うの？　画像の名前の付く研究室にいるから？　それだけ？　何というか、すごく安易な発想だよね。君にとってその子が親友なのか何なのか知らないけどさ、私にとってはただの他人だよ、その子も、君もね。つまり、そんな話を聞かされたところで私は困るし、それがどんなに感動的な話だったとしても、百人に百人が泣いてしまうような感動巨編でも、私が君に協力するっていう理由にはなり得ないよ。ごめんね」

彼女は一切の感情を声に込めず、はっきりとそう言った。

「それは、わかってますけど……」

「いいや、君は全然わかってない。たとえ簡単なことでもさ、引き受けてしまったらそこには責任が生じるよね。そうすると結果数珠つなぎ的にまたいろんなことをやらなくちゃいけなくなってしまう。それがとてつもなく面倒くさい。合理的じゃないね」

実際のところ、彼女が指摘する通り、相川がかなり甘い考えでここに来たのは間違いなかった。というよりも、もともとそこまでの思慮はなかったのだ。自分が何かを依頼することで、その相手に責任が生じるなんてことを考えたことがなかった。つまりのところ、自分は彼女の言う世間知らずの大学三回生、ということになるのだろう。自分の浅さを思い知らされ、そのときの相川は何も言い返すことができなかった。

「そもそも君のことはすごく理解に苦しむよ。どんなに仲のいい子なのか知らないけどさ、何でそこまでするの？　それってどういう感情？　友情？　人情？　それとももしかしてもしかして、愛情、だったりするのかな？」

相川はしばらく考えた。何故、と改めて訊かれると返答に窮する質問だった。

「理由は、特にないです」

そんな言葉が口をついた。

「え」

「というか、いりますか、理由？」

その瞬間、目の前の女性は固まった。そして瞳を大きくして相川を見つめていた。

いきなりのことで相川は少しぎょっとする。初めて、彼女と目が合ったような気がした。

「えーと……すみません、どうかしました？」

「なるほど」

と彼女は呟くと、一人で頷き、そしてこう言った。

「その答えは全く予想できなかった。だから、すごく驚いた」

ぶつかりそうになるくらいぐいぐいと顔を近づけると、彼女はこう続けた。

「君はすごく面白いね」

かちんと来た。相川は馬鹿にされていると直感した。こちらがまじめに話している
というのに。結局は、はじめからからかわれていただけなのだ。

「失礼しました」

深く一礼すると、足早に部屋を後にする。

「あいかわさくらくん」

だが、ふいに呼び止められた。

相川は振り返る。彼女はそれを指さした。

「この写真のことについて訊きたいんだけど」

「はい！」

もしかして彼女はあの写真を調べて、

「この石畳のタイルって大きさどれくらいなんだろう？　すごく気になるなぁー」

「…………」

知るか、そんなこと。

十回目の発信音で、相川は諦めて電話を切った。

電話の相手は御形祐一だった。画像情報研究室に行く前にも何度か電話をかけていたのだが、一向に繋がらない。仕方なく、またメールを送った。『僕のほうでいろいろ調べてみる。事件について詳しい話を聞かせて欲しい　相川』。文面については試行錯誤したが、結局は見え見えの気遣いは逆効果だろうという結論に至った。

おそらく似たようなメールや連絡が御形に届いているだろうと推測できた。中には目を覆いたくなるような非難もあるだろう。もしかしたら、それを恐れて携帯電話すら見ていないかもしれない。そうすると、彼に連絡をつなげるのはかなり絶望的のように思えた。

そもそも大学には来ているのだろうか。下宿に籠もっているのかもしれない。確認しようにも、御形本人には繋がらないし、御形を知っている他の人間にも残念ながら全く心当たりがなかった。そう考えると御形の精神的な状態が気がかりだった。大学の事務局に問い合わせれば、もしかしたら実家への取り次ぎぐらいしてくれるかもしれないが、本人の気持ちを考えると躊躇われた。もし自分だったらこんなときに親まで呼ばれてしまっては自尊心が保てなくなる。まだ、他にも自分がやれることはある。

＊

だから、それは最後の手段にとっておこう。相川はそう結論づけた。

そんなわけで、結局宛てのないまるで二時間ドラマの素人探偵じみた調査を相川は再開した。

ただ、宛てはなくとも当たりは付けていた。仮に御形が嘘を吐いていて本当にステージを破壊していたとしても、この画像が偽造で御形はえん罪だったとしても、どちらにしろこの場所で写真を撮った人間が居るはずだ。そして、少なくともその本人は事実を知っているはずなのだ。その人物を見つけることが優先だろうという結論に相川が至ったのは至極当然だった。

写真は同盟館東側にあったステージを正面向かって左側から撮影していた。相川はまずその周辺を調べることにした。実際に同盟館前まで行き、あたりを見回してみる。そして写真と照らし合わせた。どこから、この場所を撮影していたのか。そこに写っているステージはもうなくなっていたが、けれど同盟館の建物は写っている。そこから写真の撮影場所を予想した。とりあえず撮影場所の候補を一通り回ってみることにしよう。

撮影されたであろう箇所の候補は三つ。一つはキャンパス中心部にあり、同盟館の南側に位置している『光彩館』。写真がやや俯瞰で撮られているから可能性があるのは二階、もしくは三階の廊下の北側、北寄りの教室である二〇七号室か二〇八号室といったところか。この位置からであれば撮影することができるだろう。

もう一つはその北西にある建物『円弧館』。この建物はイベントスペースや共用の学習部屋が設けられた施設だ。一階にはファストフード店やカフェがあり、ちょっとしたフードコートのように自由に飲食や自習に利用できる席が用意されている。あとはミーティングルームが二階と三階に三つずつ。写真の角度からしてもこの建物の二階か三階であれば、どこから撮影していてもおかしくなさそうに思えた。

最後は『秀英館』だ。秀英館はステージ跡から見て、円弧館、光彩館のさらに奥側、南西方向にある。秀英館は七階建てで、草津キャンパス内では比較的大きな建物だ。定員二〇人規模の教室がいくつも存在しており、主に少人数制の語学の授業で用いられている。他の建物二つに比べると秀英館はステージ跡までやや遠い。階段付近がガラス張りになっているので撮影できるとすればそこだが、距離的にこの場所を直接撮影できるかどうかはやや疑問だった。実際に行ってみるとやはり大分遠い。低い階では他の建物が遮蔽物になってしまう、おそらくステージ横を撮るなら五階以上から撮影する必要があるだろう。望遠レンズなどを使えばおそらく撮影できなくもないのだろうが、素人目に見てかなり難しそうだ。

（でも、二時間ドラマでは逆にこういう場所が怪しいのか？）

こちら側から遠くて見づらいということは、ステージ側からも見えづらいということとだ。ターゲットである御形に気づかれずに写真を撮るためにはそういう場所のほうが、ん……ちょっとまった、それだと御形が犯人だってことになってないか。

「ふう」

相川は息を吐き、一旦考えを整理することにした。

仮に合成写真を撮る場合は、『壊れたステージの写真』と『御形の写真』の二つ（そして後者は少なくとも数十パターンが）が必要になる。今までは主に『壊れたステージ』のほうに着目して調べていたけれど、『御形の写真』のほうからも何かわかることがあるのだろうか。いや。『御形の写真』があったとして、例の写真に利用された部分は御形の姿だけだ。だから、それはステージ付近で撮影する必要はない。だとしたら、『御形の写真』自体には撮影した場所も時間も何の手がかりもないことになる。やはり、そのことが限定できている『壊れたステージの写真』のほうを辿るしかないのか。

しかし、どうしようか。先程の撮影位置候補を回ってみてわかったのは、『どこのだれでも撮影場所に移動可能』という事実だった。これでは何も情報が増えていないことと変わらず、絞りようがない。例えばドラマに出てくるような素人探偵だとすれば候補の場所付近に人が居たかどうかを聞き込むのだろうが、どうやって、何を聞き込めばいいのだろう。相川は頭を抱えた。

カメラを持って、その撮影候補の場所付近に居た人を探せば良いのだろうか？　しかし、今時カメラは携帯電話にも付いているから、それでは何の手がかりにもならない。そして、携帯で撮影という行為もある意味かなり一般的というかありふれた行為になっているので、それを目に留める人などほとんど居ないのではないだろうか。仮に居たとしてもその人が犯人である確証なんて持てるだろうか。かなり怪しい。

次第にどうどう巡りになっている事実を、相川は感じていた。

「……うわっ」

ふいに、相川の身体がぐっと前に倒れた。階段を踏み外した？　相川はとっさに浮いた足を思い切り前に踏み出して、何段か飛ぶような形で着地する。手すりにしがみついた。外の景色に気を取られながら歩いていたので、階段の幅の見積もりを誤ってしまったようだ。

「あぶなぁー、ちゃんと前見ろよー」

あまりの気恥ずかしさにそんな独り言を呟きながら顔を上げ、相川ははっとした。そして今度は一気に階段を駆け下り、一階だけ降りたところで再び窓の外を見た。

「……違う……」

相川は思案した。ちょっと待て、だとしたら。これだけの移動でこれだけ変わるのだとしたら。もしかして、わかるのか？

画像情報研究室に行ったとき、そして去り際に彼女は何と言っていただろうか。

『この石畳のタイルって大きさどれくらいなんだろう?』

相川は再び階段を駆け下りた。

あの言葉は、そういう意味だったのか。

*

創造館の四階、画像情報研究室に戻る途中で、相川はロボットとすれ違った。

「え」

大きな車輪が二つ、小さな補助輪のようなものが二つついた車いすのような形をしたロボットで、その車輪の上には椅子ではなく棚のような物が付いており、下の段にはパソコンが、上の段にはパステルカラーのトレイと花柄模様の食器を載せている。その棚の上にはドーム状のものが取り付けられていた。眼の様な物があるので、これは顔のつもりなのだろうか。しかし、ボディとのバランスがとれておらず、少し滑稽な出で立ちをしていた。載っている食器はおそらく創造館の隣の建物である連鎖館の食堂のものだ。食器にはソースの跡が残っている。食べ終わった後、だろうか。そのロボットは相川を右に避け、ホールのほうに移動して止まった。しばらくすると、エレベータの扉が独りでに開いた。車輪ロボットはそのまますうっとエレベータに乗り込んでいく。扉が閉まった。

……ロボットってエレベータ乗れるの？

「ああ、それはりっちゃんだよ。自律移動ロボットのりっちゃん。私の唯一の友達。ここでお昼ご飯食べたから、食器片付けてもらってたの」

相川が画像情報研究室に戻って訊くと、くだんの彼女はあっけらかんと言った。

「そうですか、友達ですか、唯一の」

自動で動いてエレベータに乗り込むロボットはさらっと流すにはなかなか衝撃的なアクシデントだし、ロボットが唯一の友達というのはあまりに不憫だし、そのロボットにかわいらしい愛称を付けて呼んでいるのは二〇代としてはあまりに痛々しいし、仮に友達だとしてその友達に自分の食事したトレイを片付けさせるのはいかがなものかなどとツッコミどころはいくらでもあるのだが、相川はそこをぐっとこらえて、

「すみません、さっきは先輩がアドバイスしてくれたことに気がつかなくて、その、怒って出て行ってしまって」と謝った。

「できる限り論理的に考えてみたんですけど、結局僕一人じゃわからなくて……」

自分で啖呵を切って出ていって、それでのこのこと戻ってきたので、何を言われても仕方ないと相川は思っていたが、

「ん？　何だそんなことか。全然気にしてないよ」

と彼女は全く気にかけていない様子だった。

相川は驚いた。罵倒されるだろうと、もしくはそもそも取り合ってすらくれないのではないかと予想していたのだが。自分が思っていたよりも彼女はずっと度量の広い人だったようだ。

「……ありがとうございます。ほんとすみませんでした」

と相川が感謝すると、彼女は頭を横に振った。

「ううん。感情を十分にコントロールできないのは罪ではないよ。赤ちゃんだってぐずって泣くでしょ。まぁ、さくらくんぐらいの歳でそれはすごく哀れだとは思うけど」

いや違った。ただ哀れに思われていただけだった。てか、見下されていた。

「さっき君は論理的に考えてみたって言ったけど、本当の意味で論理的に考えるなんて、それこそ教授クラスだって難しいんだよ、さくらくん。そんな言葉を安易に使うのはあんまりおすすめできないね」

「それは何となくわかりますけど、だったらどうすればいいんですか」

彼女は指をぴんと立てた。

「だから論理的にうまくいかないなら、幾何学的に考えればいい」

「へ？」

一体どういう意味だろうか。

小一時間前にはほぼ無人だった研究室に今は一〇人程の学生が居た。全部の席数から見るに半分くらいだろうか。彼女はその中で部屋の左奥、一番端の席に座っていた。服装は昼に会ったときと同じ黒い着る毛布を羽織った姿で（結局、この姿は寝間着でも何でもなく、ただの普段着だったらしい）座っていた、というより、よっかかるというか全体重を背もたれにもたれさせているような姿勢だった。しかも会話をしながらカタカタと器用にキーボードを叩いている。

「またたびさん、また後輩をいじめてるのか？」

そこにTシャツとジーパン姿の男性が声をかけてきた。

「松木さん、人聞きが悪いですね。ただのコミュニケーションです」

返事したということは、またたびというのは彼女の呼称だろう。本名とは考えづらいから、あだ名か何かだろうか。そもそも相川は未だ彼女の名前すらも把握していなかった。

「えーと、君たぶん三回生の子だよね。いやー、ごめんね。またたびさんはうちでも変わり種というか何というか。うちの研究室みんながこういう人なわけじゃ全然ないから」

「あ、いえ。それは大丈夫です」

もしそうじゃなかったとしたら、救いがなさ過ぎる。

彼は博士課程二回の松木と名乗った。博士課程ということは二年間の修士課程を経て学部三回生である自分よりは少なくとも五歳ぐらい年上か。短髪で見た目が若々しく相川と同い年と言われてもさほど違和感はなさそうだ。

「あの、またたびさんっていうのは？」

相川は尋ねた。

「ああ、それは彼女の名字が木天蓼だから。木天蓼って珍しい名字なんだけどちょっと呼びづらいだろ。だから、うちらはまたたびさんって呼んでる」

「もくてんりょうで、またたびさん、ですか……」

相川はいまいちぴんと来ていなかった。そもそもどういう字を書くのだろうか。

「あ、もしかして、またたびさんの名前知らなかった？　てかまたたびさん彼に言ってないの？」

松木が訊くと彼女は頷いた。

「うん、だって不審者には自分の名前教えちゃいけないって思って」

「僕、ずっと不審者だと思われてたんですか……」

無断で研究室に入ったし、出会いがあれだったのでそれは致し方ないのかもしれないが。

「あ、ごめん。不審者は言い過ぎだったね、さくらくんはそのただの気を遣う必要すらもない十把一絡げというか、ただの空気というか」

「言いすぎって、そっちの方向!?」

「またたびさん？　気遣いっていう日本語知ってる？」

「知ってますよ。そんなの。ええと、さくらくん、私は博士課程一年の木天蓼麻美です。君より先輩なので気遣ってください」

そんなこと言ってしまう人のことは別に気遣わなくていいと思う。

「はぁ、どうも」

「心配するな、この人は老若男女みんなに対してこんな感じだから」

松木はそう耳打ちした。

「それは、別の意味で心配なんですが……」

「二人で何こそこそしてるの？」

「いやいや、別に何も……そうだ。またたびさん、カメラセッティングしといたよ、使うんだろ。とりあえずカメラのコントロールと画像取り込みまでの部分は汎用のプログラム作ってあるからすぐ使えるよ」

「助かります、準備がすごく面倒だったので。専門知識あるくせに全然論文アクセプトされないけど、こういうときだけは松木さん頼りになりますね！　よっ、器用貧乏！」

「……えーとまたたびさん？　先輩に気遣おうっか？」

松木は少し涙声だった。というか彼女のほうが全然目上を気遣えてない。

「ふむ。すごく難しい注文ですが、可能な限り善処を心がけます」

絶対にやらないだろう、これは。

松木は三脚と手のひら大の黒い筒のような物を持ってきて、それを三脚に取り付けると、壁に向かって固定した。

「それは、何ですか？」

相川は訊いた。

「ああ、これはGigEのカメラ。インターネットに接続するのにLANケーブルをパソコンに繋ぐだろ。そのLANケーブル経由でデータ通信するカメラで、扱いやすいから研究用とかで使うんだよ」

「へぇ、そういうものがあるんですね、不勉強ながら、全然知りませんでした」

筒のような物はレンズらしく、その端についている親指大の立方体がどうやらカメラ本体らしかった。松木はそこにLANケーブルを突き刺すと、その反対側を木天蓼の席に置いてあったLANハブに繋いだ。松木の話によると、このカメラはPoEと呼ばれる形式で別に電源を用意しなくてもケーブルからカメラに電源を供給することができるらしい。こういう話を聞いていると、自分は本当にまだ何も知らないのだと思い知らされる。

「まぁそのうち、嫌でも覚えるよ」

ぽんと肩を叩いた。おそらく、その相川の反応から察してくれたのだろう。

「さぁて、またたびさんの雑用も終わったし。自分の仕事するかなっと、今日試験結果が出る予定だし」

「結果が出る？」

出す、ではなく出るという表現を使ったのに相川は違和感を覚えた。

「ああ、俺の研究内容は機械学習っていって、その何だ。簡単に言うと計算時間が膨大にかかる研究なんだよ。だから、一回実験したら高性能なサーバ用のＰＣを一週間くらい回しとかないと結果でなくてさ」

そう言って松木は向かいの奥の席に戻っていった。

ふいにぐいと後ろから服を引っ張られる。

「うぉ」

相川はその場にへたり込むようにして、何とか転ぶのをこらえた。

「何すんですかっ！」

「さぁ、さくらくん。準備できたから、本題を始めるよ」

犯人の木天蓼は全く悪びれる様子がない。

「ここに立って手を横に広げなさい！」

そう言うと、先程設置したカメラと壁の間を指さした。

「えっ？　どういうことですか？」

わけがわからない。

「いいから、言うことを聞くの！」

まるで子どもがだだをこねるようだ。

「えーと、こんな感じですか？」

相川は不承不承言われた通りに手を上げ広げてみせる。

「躍動感が全然足りない！　もっと、こう！」

そう言って、木天蓼は肘をぴんと伸ばして、両の手を広げた。

「こうですか？」

「次は足をあげて。前のほうで折り曲げる感じで」

何故かラルフ・マッチオ版のベスト・キッドの鶴の型よろしくのポーズで、必死にバランスを取った。

「すみません、木天蓼先輩。今僕は一体何をしてるんでしょうか？」

あまりの意味不明さに相川は次第に不安になる。下手すれば、自分の存在意義さえも見失いそうだった。

「いいからそのままの姿勢をキープしてて。今大事なところだから。これがうまくいかなかったら、事件は迷宮入りだよ」

そう言われてしまったら、こちらとしても逆らいようがない。相川は何とか身体を細かく揺らしながらバランスを取る。

木天蓼は再びかたかたとパソコンをいじり始めた。

しばらくして、相川の体が震え出した。足が、具体的に言えば左足のふくらはぎあたりがしんどい。

「先輩、だめです、その……やばいです……もう、限界……」

「さくらくんったら、若いのにだらしがないなぁ、もう」彼女は呆れたように言う。

「いくよー、ハイ、チーズ」

そう言って、木天蓼はパソコンのキーを叩くと、どこからかカチャリという音が聞こえた。

「はい、おっけー」

崩れるようにして地面に座り込む。

「はいっ、てなわけでさくらくん、できたよ」

「できたって、何が、ですか？」

木天蓼は相川の方向にディスプレイを傾けた。相川はそれをのぞき込む。そこに写っていたのは、空に浮かんでいる相川の姿だった。それも先程させられたポーズのままである。実際に写真で見るとその様はひどく滑稽だった。

「え……何ですか、これ……」

「何と、さくらくんが空飛んでるよ！　すごいね、さくらくん空を飛べたんだね！」

まるで子どものように目を輝かせながら、木天蓼は言う。

残念ながら、そんな冗談についていく余裕はない。

「もしかして、偽造写真ですか⁉」

相川は思わず叫んだ。

もしかしようがしなかろうが、相川は空を飛べないわけで、ということはこの写真が存在している時点で偽造写真であることは確定なのだが、しかし相川は納得がいかず状況を咀しゃくするのに苦労していた。

「いえーす」

木天蓼は口元だけでにやりとしてみせた。

これを作るために、わざわざ木天蓼はカメラで撮影したのか。

「てか先輩、絶対このポーズで写真撮る必要なかったですよね、偽造写真を作るだけだったらそもそも僕である必要も微塵もないですよね、これ」

木天蓼は感心したような表情で頷く。

「ふむ、さくらくんはなかなか屁理屈を言うね」

「屁理屈じゃねぇよ、単なる事実だよ」

相川は声を荒げる。

「でも、これどうやって。さっき写真撮ってから数秒しか経ってないのに……」

その上、写真を撮影してから木天蓼が何か作業している様子もほとんどなかった。

強いて言えば、キーボードのキーを叩いたかもしれないが、それくらいだ。

「こんなものを作る程度なら数秒どころか、その千分の一、数ミリ秒もあれば十分だよ」

「数ミリ秒!?　ミリですか？　そんな短い時間でどうやってこれを」

「まぁまぁあわてないでよ」

そう言いながら、掌で相川を制す。

「その前に、まず状況を整理しようか。一体何が問題なのか。問題がなければ解決することはできないからね。いいかい、さくらくん。研究でも何でも、世間では問題を解くことよりも、その問題を見つけることのほうがずっと難しい問題なんだよ」

「問題を見つけるのが問題、ですか?」

わかるような、わからないような。

相川の戸惑いを払うように、こほんと彼女は咳払いをする。

「そう。私たちが解くべき問題をね。じゃあ手始めに状況を整理してみようか」

昨晩の未明、同盟館前のステージが壊された。ＳＮＳに写真がアップされ、御形の犯行ではないかと疑われた。

「それで、さくらくんはこの写真が偽造写真じゃないかって疑ったんだよね。それが問題一。この写真は本当に偽造写真なのかどうか？」

「僕はその可能性が高いと思いました」

「うん、正解。これは偽造写真だよ」

やはりそうだったのか。しかし、だとすると一つ疑問が生まれる。

「先輩はどうしてそれがわかったんですか？」

相川がこの写真を偽造写真だと思ったのは、ほとんど勘というか、どちらかと言えば当てずっぽうと言ったほうが正しい。根拠は全くなかったのだ。なのに、何故彼女はこうも自信を持って言い切れるのだろうか。

「それを説明するには、まずもう一つの問題に注目したほうがいいね。問題二、偽造写真をどうやって作ったのか？」

木天蓼は二本目の指を立てた。

「さくらくんなら、この偽造写真をどうやって作る？」

相川は答える。

「えーと、まず壊されたステージをカメラで撮影して、別の写真から切り出した御形を貼り付けます」

「うん、それは偽造画像と仮定した場合に全ての方法で共通する作業だね。じゃあ、この人——御形って言ったっけ、彼はどうやって切り出す？」

「それって、ペイントとかのソフトで手作業で切り出す以外に方法があるんですか？」

相川がそう尋ねると、木天蓼は大きくため息を吐いた。

「何だよ、さくらくんはそんなこともわかってなかったの？　やれやれだよ。本当に情報系？」

「う」

木天蓼の言葉に、相川は後ろめたさを覚えた。実際相川は授業で扱った範囲はそつなくこなすが、自分で積極的に調べるタイプではなかったので最新の技術などには詳しくなかった。

「私は大きく分けて、三つぐらいの方法が思い浮かんだの」

次いで、木天蓼は指を三本立てる。

「一つはさくらくんが言ったみたいに地道に手作業で切り出す方法。でも、これはすごく集中力がいるし、時間がかかる。これで何枚も作るのは馬鹿みたいだから、私なら絶対にやらない」

馬鹿みたいだから、という言葉が相川に刺さる。自分はそのバカみたいな方法しか思いついていなかったのだ。

「続けるね。もう一つが動的輪郭モデルによる切り出し」

「動的輪郭モデル？」

相川にとって、初めて聞いた言葉だった。

「画像処理手法の一つだよ。人が写真に写ると、人と背景の境界、つまりエッジができる。エッジというのは写真の中で色合いとか、明るさが極端に変わる部分のことだよ。物と物が重なれば、そこには度合いの違いこそあれ、ほぼ必ずその境目に画像のエッジができる。それを手がかりにしてプログラムで演算処理して人物を抜き出すんだよ。そうするとある程度調整が必要だけど、人の形にそって綺麗な切り抜き画像ができるの」

木天蓼は身振りを交えながら、そう説明した。

「そんなことができるんですか？」

「できるも何も、最近のフォトレタッチソフトには標準で付いていてたりする機能だよ。インテリジェント切り抜き機能とかいう名前で」

そう言って、彼女はいくつかソフトの名前を列挙した。中には相川が使ったことのあるソフトもあった。

「でも待ってください。エッジって色が違うところにできるんですよね。例えば服にも模様とかありますよね。そういうのもエッジになっちゃうんじゃ……」

「何だ、さくらくんわかってるじゃん。実際の環境にはエッジがそこら中にある。だから、このやり方は人の手で微調整してやるか、よほど背景と色合いが違わない限りは人物をうまく抜き出せないよ。その上、見る限りはこのステージの画像も御形っていう人の画像も撮影時間帯は夜、だから全体的に画像が暗くて色の違いがわかりにくい。つまり」

「エッジがわかりにくくなる、ですか？」

「そういうことー。だから、こういうシーンでは画像のエッジを頼りにする手法は向いてないと思うんだよね」

できたとしても、結局手作業で調整する部分で時間がかかるだろうと、木天蓼は言った。相川が知るだけでも、犯人は偽造写真を少なくとも三〇枚以上も作っているのだ。一枚一枚に時間がかかってしまうようでは、結局全て手作業で切り出すのと実現可能性があまり変わらない。

「でも、他にどうやって……」

「だから、候補その三」

三本目の指を立てた。

「それが背景差分法」

「背景、差分法ですか？」

相川はその言葉をオウム返しする。木天蓼の言葉からは全く意味が推察できない。

「さっき僕が空を飛んでいる画像を作ってましたけど、あれがその、背景差分法なんですか？」

「うん、そだよー。このやり方なら一枚数ミリ秒もかからないよ」

手作業であれだけ時間がかかることを一瞬で実現する手法。よほど、高度なプログラムに違いない、と相川は推察した。

「すごく簡単だよ。例えば、ビデオカメラを固定して風景を撮影すると、人は動くけど、背景は全然変わらないでしょ。それを利用したのが、背景差分法」

木天蓼は簡単に言う。簡単に言いすぎて相川には意味が全くわからなかった。

「いや、そのもう少しわかりやすく説明してくださると助かるんですが」

「何だよ、さくらくんは先輩使いが荒いなぁ……えーとデジカメで撮影した画像のデータはどういうふうに記録されているか、さくらくんは知ってる？」

「えーと、確か光の三原色の赤と緑と青、三つを組み合わせて記録されてますよね」

「うん。色はね。画像データっていうのはざっくり言うと配列になってるんだよ」

そう言って、木天蓼はホワイトボードに格子を描いた。

「こんな縦と横のある表みたいなイメージ。この表のマス一つ一つにRGBの情報が入ってて、これを画素値って呼ぶの。とりあえずここまではおーけぃ？」

「はい」

相川は頷く。ここまでは大学の講義でも扱ったことのある内容だった。

「じゃあ、ふたつの全く同じ画素値を持った画像AとBがあったとするでしょ。ここでは簡単に一画素しか持っていない画像だとしよう。そうすると、画像Aは（215, 230, 211）、画像Bも（215, 230, 211）、さてではこのAとBを各RGBごとに引き算するとどうなるかな？」

「えーと、それだと両方とも同じ値なので(0, 0, 0)、つまり全部0になると思います」

「そう、同じ色をした部分は全部0になる、これが背景差分の基本的な原理。同じような理屈で事前に背景だけ撮影しておいて、人と背景が写った画像を撮影する、それから背景を引いてしまえば、ゼロにならなかった部分が人が写っている部分っていうのがわかる。だから、人の画像が簡単に抜き出せるの。ね、簡単でしょ」

確かに、理屈は非常にシンプルだった。やっていることは単なる引き算だけなのだ。

「基本的に処理は画像同士の引き算だけだから、演算量もそんなに多くない。だからパソコンのCPUで処理すれば数ミリ秒で終わるよ」

木天蓼の説明でようやく納得がいった。しかし、別の疑問が湧く。

「でも、どうして背景差分が使われたってわかったんですか？」

「ここよーく見て」

そう言うと、木天蓼は御形の影の部分を指さした。

「ぼつぼつってなってるでしょ。これ、抜き出した画像に穴が開いちゃってるんだよ。背景差分はあくまで引き算しかしてないわけだから、切り出すときに背景と偶然近い色になっちゃったりすると、どうしてもこういう特有のノイズが残っちゃうんだよね」

目を凝らして見ると確かにそのような跡が残っていた。御形と背景の輪郭の部分には気を配っていたのだが、影の部分までは注意が行き届いていなかった。

「これで問題二と問題三が解決。で、問題四、犯人はどの位置から元の画像を撮影したのか？　ということで、ちゃんと測ってきた？　タイルのサイズ」

「測ってきました」

相川はタイルの縦と横のサイズをミリ単位で伝える。

「その写真に写っている場所をいくつか測ってみましたが、全てが同一規格のものみたいです。このサイズに基づいて、撮影場所を割り出すんですよね。けどどうやってこれを使うんですか？」

秀英館で転んだとき、数段高さを移動しただけで同盟館付近のタイルの見え方が明らかに変わったことに相川は気がついた。だから、木天蓼がこのタイルのサイズを訊いたのは、撮影位置を割り出すためだろうと推測できたのだが、実際にどのように使うかまではさすがに考えが至らなかった。

「透視投影変換っていうんだけど、もともとの形が幾何学的にわかっていれば、ある任意の位置からそれをカメラで撮ったときにどう写るのかって簡単に計算できるんだよ。今回はわかりやすかったから、タイルの大きさを基準にしようと思って。じゃあ、計算用のプログラムはもう作ってあるから、あとはさくらくんの調べてきたサイズを入力して実行するね、ちょいまちー」

「そのプログラムももう作ってあるんですか？」

相川がこの研究室を出て、戻ってくるまでにまだ二時間程度しか経っていないはずだ。いくら何でも早すぎる。

「ああ、うん。前作った似たようなプログラム流用してるだけだから、別にちょろいよ、これくらい。後は、さくらくんがその付近で写真を撮っている人間が居なかったかを聞き込みでもしてよ、私ができるのはここまでだからね」

「聞き込みって言っても、スマホのカメラとかで撮られてたら、ぱっと見じゃ撮影してるかどうかなんてわからないんじゃ……」

「ああ、何だそんなことか」

相川の疑問に木天蓼は何でもないように答えた。

「さくらくん、そのスマホ結構サイズ大きいね」

そう言って、木天蓼は相川の胸元を指さした。

「ああ、これですか。最近買ったやつなんですけどサイズが思ったより大きくて、胸ポケットに入れると上の部分が少しはみ出しちゃうんですよね」

相川は胸ポケットからそれを取り出した。このスマートフォンは手にもやや余るサイズで、片手で文字を打つには握りなどに少し工夫がいる。

「たぶん、そのスマホには背面にメインのカメラが一個と、テレビ電話用や自分撮り用にカメラがもう一つディスプレイ側に付いてるんじゃないかな。で、メインのカメラの撮像素子はおそらくコンパクトカメラと同じ三分の一インチサイズくらいだと思う」

彼女の指摘する通り、確かにこのスマートフォンの上部には裏面に一個、及びディスプレイ側にもう一つカメラが備えられていた。

「カメラの性能もたぶんそれくらいだと思いますけど……えーとそれがどうかしたんですか？」

木天蓼の質問の意味が相川には読み取れなかった。

「この写真さ、夜なのにすごく綺麗に撮れてるって思わない？　さくらくんはそのスマホで暗い中を撮影したことあるかな？　画質、すごく悪くならなかった？　あれはね、周りが暗いから、光をもっと取り込もうとしてカメラが自動的にゲインを上げてるんだよ。ゲインを上げるとその分ノイズものりやすくなるから、画質は悪化する。加えて上光をたくさん取り込むためにシャッターも普段より長めに開く。だから、夜にフラッシュ使わないで撮影するとよく手ぶれを起こすでしょ。夜みたいな暗い時間帯にきれいな写真を撮影するのはすごく難しいんだよ。少なくともスマホのカメラじゃしんどいんじゃないかな。ちなみにフラッシュは数メートルしか届かないからまず無理。たぶん使われたのは画像素子が大きいサイズのカメラ、おそらく一眼レフカメラだね。それも三脚に固定した上で使ってると思う。だから、これの元の写真を撮った犯人は……あれ、さくらくん何あほみたいな顔してるの？」

木天蓼にふいに呼びかけられ、相川ははっとする。

「い、いえ」

単純に感心してしまい、相川は呆けてしまっていたのだ。

「すごいですね、この写真だけでそこまでわかるなんて」

成り行きでお願いすることになったが、彼女の能力は間違いなく本物だと相川は感じた。それと同時に悔しくも思っていた。自分は簡単に行き詰まってしまったのに、彼女は写真を一見しただけでここまで簡単に暴いて見せた。対する自分はでかい口を叩きながら、結局何も御形の力になれなかったのだ。一体何をやっているのだろう。

「おっと、さくらくん場所特定できたよ。この写真を撮れるのは円弧館の二階、ミーティングルーム二〇三号室だね」

円弧館は最初に自分が見積もったときの候補の一つだ。

「え、もうわかったんですか？　しかも、部屋までわかるんですか？」

木天蓼が作業を開始してから数分しか経っていなかった。

「うん、まぁキャンパスのおおまかな地図情報は事前にあったし、あとは写真に写ってる画像からタイルのサイズと、ついでに目印になるランドマークの位置を使って計算してみた。大体合ってると思う」

相川は、思わずため息を吐いた。

「さっきのプログラムを見たときも思ったんですけど、まるで魔法みたいですね」

自分があぁも苦労していたことを、あっさりと解決してしまうなんて。

それを聞いて、木天蓼は「ははは」とわざとらしく笑い声を上げた。

「これが、魔法に見えているようじゃ、さくらくんはまだまだ勉強が足りないね」

そう、小馬鹿にするように木天蓼は言う。

「というわけで、私ができるのはここまで。あとはさくらくんで調べてね。せいぜいがんばって、人助け」

しかし、相川はそれに反論できるような心境ではなかった。

「その、ありがとうございます。先輩が居なかったら、ここまで辿り着けませんでした。それと、すみませんでした。お忙しいのに、無理を言ってしまって。今度、何かお礼させてください」

そう告げると、木天蓼は目を輝かせた。

「何でもいいの？　そっかぁ、困ったなぁ、何でもなんて悩んじゃうよ、あれがいっかなぁ、これがいっかなぁどうしよっかなぁ……」

そのとき、ふいに野太い悲鳴が研究室に聞こえた。

「何じゃこりゃー！」

思わず振り返る。

「何で、何で、何でだよ!!　一週間が、俺の一週間が」

それは先程まで一緒に話していた松木の声だった。

「何でPCが熱暴走して強制終了してるんだよ？　嘘だろ、冷房だっていつもより低めにして入れっぱなしにしてたはずなのに、それに部屋の中では比較的風通しよさげなところに置いてたし」

相川は違和感を覚えた。いや、それはおかしい。昼にこの研究室に来たときは、確か冷房は止まっていて、かなりの温度になっていた。だとすると松木は勘違いしているのか。

「一週間後に締め切りの学会発表用の成果が……終わった全てが終わった……だめだ、

もう絶対間に合わない……」

　ふと、初めて出会ったときの木天蓼の言葉を思い出した。

『……すごく寒かったから、しょうがないんだよ』

　今思い出してみれば最初に研究室に来たとき、何かがビープ音を立てていた。もしかして、あのとき鳴っていたのは松木のサーバーPCだったのか。最初、その音に驚いて、それをたどってそこで……あれ、そういえば、あのとき全身を毛布に包まれた木天蓼が抱えていたものは確か……。

　くい、と服の裾を引っ張られた。

「はい？」

　それは木天蓼だった。

「お礼なんて全然いらないよ！　だって、私は先輩なのだから！　これからも困ったことがあったら、力になるから何でも言ってよね。だから、だから、わかってるよね、さ・く・らくん」

　そのときはじめて、木天蓼は笑みを浮かべた。

　なるほど、笑うとなかなかかわいらしいな、と相川は思った。もっとも、それは単なる脅しだったのだけれど。

「……はい、僕は何も知りません」

ここに、奇妙な裏取引が成立した。

＊

結論から言うと、その後偽造写真を作った犯人はあっさりと判明した。

相川が円弧館のミーティングルーム二〇三号室に行くと、そこには見知った顔が居た。

「あ、今朝、手伝ってくれた方ですよね。ありがとうございます。あのときは助かりました！」

今朝、情報館前で作業していた学生たちだった。何でも、当日の仕事分担の打ち合わせをしていたらしい。ちょうど良かったので、昨夜の時間帯にこの二〇三号室を使った人に心当たりがないか訊いたところ、

「うーんと、直接は知らないんですけど、この部屋、鍵がかかってるんで事前に予約しておかないと使えへんのですよ。なんで、円弧館の事務室に確認すればすぐやと思います」

とのことだった。

去り際に割引券を三枚程もらった。

「うちら、情報館の風除室で絵画展をやるんです。ついでにたこせんも売ってるんで

よかったら」

　たこせんは海老せんべいにたこ焼きを挟んだ関西特有のおやつだ。大学に入るまで相川は存在すら知らなかったが、こちらでは結構メジャーなジャンクフードらしい。以前の学園祭では、何故か一〇店舗もたこせんの屋台が出ていて競合しまくっていた。でも、何で絵画展でたこせん売るのだろう。

　疑問だ。

　部屋を出るときに確認したところ、二〇三号室の上の入り口付近には監視カメラがあった。何だ、これなら比較的、簡単に片がつきそうだと相川は思った。

　相川が円弧館の事務室に問い合わせたところ、その日の夜二〇三号室を借りていたのは写真同好会の片橋という人物らしいということがわかった。どうするか迷ったが、相川はこの一部始終について御形宛てにメールを書いた。そして、最後にこう言葉を添えた。御形の無実を証明できるかもしれない、と。

　写真同好会の活動場所も事務室に問い合わせてすぐ判明した。特定の部室を持っているわけではなく、その日ごとに空いている部屋で活動しているらしく、その日は森林館の二階の部屋で活動していた。

「片橋は私だけど、何の用？」

　そこを訪ねると茶髪のボブで、ややつり目気味の女性がでてきた。

相川はあの写真が偽造写真であることを特定したこと、その画像から撮影箇所を特定したことを片橋に告げた。そして、さり気なくそこに監視カメラが設置されていたことも伝えた。直接、片橋が犯人ではないかと訊かずに回りくどく尋ねたのは、相川自身も確信が持てていなかったからだった。

最初、片橋は「自分はやっていない」だの「あれは偽造ではなくて本当の写真よ、どこにそんな証拠があるの」と言っていたが、その反応が逆に相川を確信させた。最終的には天才という博士課程の学生が画像を分析したと伝えると、あっさりと「すみませんでした」と自白した。

正直もう少し苦戦すると思っていたので、相川は拍子抜けした。てか、名前を出しただけで黙るってあの人一体何者なんだよ。

ともあれ。

「でも、私はステージは壊してない。本当に。ただ、御形が学園祭を中止にしようとしてるって噂を聞いたから、それを止めないとって、そう思って、それで」

先程までの片橋の強気な態度は一転し、いきなりしおらしくなっていた。片橋本人もあれ程大事になるとは思っていなかったらしく、御形のネットでの叩かれ具合も見て、次は自分がその俎上《そじょう》に載るんではないかと内心怯えていたのだろう。

あれ、ちょっと待て。

「御形が学園祭を中止にしようとしてるらしいっていう噂を聞いてから、御形の写真を隠し撮りしてあの偽造写真を作ったんですか？」

片橋はこくりと頷く。

相川にとって、それは少し意外な展開だった。確かに御形が学園祭を中止にしようとしているという噂は聞いていた。その噂の発端はこの「ステージ破壊事件」であると思っていたのだった。けれど、今の話からすると、ステージが破壊される前、偽造写真がばらまかれる前に既にそういった噂が流れていたことになる。順序は逆だったのか。

「張り込んでたら、絶対に何かネタが掴めると思って。それで御形が同盟館の二階付近に出入りしていることがわかったから、その付近で待ち伏せてて」

写真を偽造するという発想はステージが破壊されてから思いついたらしかった。背景差分法の技術自体は合成写真を作るために勉強して知っていたらしい。実際にはフリーの画像編集ソフトで作成したとのことだ。御形の写真自体はここ一週間毎日撮っていたので、材料には困らなかったらしい。実際に使った画像は、御形が大工作業をしているときのものを利用したようだ。言われてみれば納得がいく話だ。そもそも、金槌だけであれだけステージを破壊するのはどだい無理な話だろう。

「じゃあ、ステージが壊されたところは」

「見てない。深夜だったし、ステージが壊されたらしいって噂を聞いて、それで来て写真を撮って、すぐ画像を作ったの。だって、絶対あの人が犯人だって思ったから」

結局、その程度の確度で、その程度の動機で彼女は犯行に及んだのだ。ちょっとだけ、相川は脱力するような気分になった。自分が振り回された事件がこんなにも行き当たりばったりで行われていたとは。

「その、ちょっとした出来心だったの。別に陥れてやろうなんて思ってなくて、ただ学園祭を成功させたくて、もともと御形って人には怪しい噂が付いて回ってたし……でも、あそこまでネットで酷いふうにさらされるなんて思ってもみなくて」

いや、それが陥れるってことだろうとは相川は思うが、あまり口に出さないでおく。

その後、片橋は自分が如何に不幸かということを、訥々と語り始めた。自分が四年間を注いできた写真やデザインの仕事に就きたいと就職活動をしたが、希望のところは全社落ち、さらに妥協して受けた会社も落ち、にっちもさっちも行かなくなったのだという。そこで、今回の写真展示会に全力を注いだ。学園祭の写真展示会には例年OBがやって来るのだ。その中にはもちろんプロとして活動している人間も居る。もし、彼らに認められれば、自分の写真の道もまた開かれるかもしれない。だから、例年よりも入念に準備をし、その活動が認められ、展示スペースも人通りの多い光彩館一階のスペースが割り当てられた。しかしそんな最中、御形が学園祭を中止にさせようと企んでいるという噂を聞いた。居ても立ってもいられなくなった。今回はただ嫌がらせにでもあえば彼が考えを改めるだろうと思い、犯行に及んだ。決して、あんなふうに、御形のことをさらすつもりはなかったのだと。

「でも、偽造写真はやりすぎですよね」と相川が言うと、「あなたに何がわかるの!?」と返されたので、「すみません、よくわからないんですが、何で僕が先輩のことをわからないといけないんですか？」と言ったら、片橋は黙り込んでしまった。

しまった。少し、意地悪な返しだったかもしれない。

しかし、この先どうしようか。というのも、相川は御形の無実を明らかにすることだけを考えていたので、そもそも犯人を見つけてどうこうしようという考えがなかったのだ。片橋のところを訪ねたのも、ただの確認の意味合いしかなく、内心、どうしたものかと考えていた。

「ネットにこのネタを投稿して、御形の無実を主張しても信じてもらえるかどうかはわからないし、また御形の二の舞になるかもしれないか」

御形の二の舞、のところで片橋はびくっと震えた。思わず想像してしまったのだろう。もし、自分が御形と同じ目に遭ったとしたらと。

「その、ご、ごめんな」

「お話中すみません」

片橋の言葉を遮るように、ふいに背後から声をかけられた。振り返るとそこには見知らぬ女学生が立っていた。

「江原さん……」

どうやら片橋には面識があるらしい。

長い黒髪と、すらっとした手足が目立つ女性だった。木天蓼も黒の長髪だったが、しかし同じ髪型でもこうも印象が違うのか。もっとも、ぼさぼさの伸ばしっぱなしだった木天蓼の髪と、一本一本丁寧に櫛を入れたような流麗な彼女の御髪《おぐし》を比べるのは少し失礼な話かもしれないが。中学生と見間違えそうな木天蓼と一転してまさしく大人の女性といった印象だ。目鼻立ちが整っており、肌も白く、格好こそショートパンツにTシャツというラフな格好だったが、世辞抜きで綺麗な女性だった。

「片橋さん、今朝ネットにアップされたステージの写真の件でお伺いしたいことがあります。同盟館二階の委員会室に今日の一八時に来ていただけますか？」

突然のことに「いや、その私は……」と戸惑う片橋だったが、

「よろしいですね」

有無を言わせない一言だった。片橋はしゅんとなって黙り込んでしまった。厳かな雰囲気を持つ女性だった。とても同世代とは思えない。

「あの、もしかして相川さんですか？」

江原は振り返ると、今度は相川に話しかけた。相川が首肯すると、彼女はそっと相

川の服の裾を引っ張り耳元で言った。

「お話しがあります、少しいいですか？」

＊

「私、理工学部三回生の江原奈瑞菜《なずな》と申します。恥ずかしながら、学園祭実行委員会の委員長を務めてます」

江原は廊下に出ると仕切り直すようにそう言って、にこりと笑った。先程とは打って変わって柔らかい声だった。彼女の周りで張り詰めていた空気もとたんに和らいでいた。

「ええと、情理三回の相川です」

相川は名乗り返した。

「僕なんかに何の用ですか？」

なんかとつけたのは別段謙《へりくだ》ったわけではなく、相川の率直な心情だった。

学園祭実行委員とは、毎年初めに選ばれる学園祭の運営委員のことだ。選ばれると言っても何か選挙などがあるわけではなく学園祭の運営に興味のある有志の集まりで組織されており、どちらかといえばサークル活動に近い。四回生は就職活動があるため、二、三回生が多く、主な業務は学園祭の各サークルへのスペースの割り当てや宣伝活動、大型イベントの取りまとめなどだ。R大は学生数もサークル数も多いだけあって運営はかなりハードだと風の噂で聞いたことがある。しかし、そんな学園祭実行委員が自分に何の用事だろうか。サークル活動に無縁で、かつ知り合いもさほど居ない相川にとっては全く心当たりがなかった。

「相川さんも事件のことを調査されていたんですよね」

「はい、まぁ成り行きで」

詳しい事情を説明するのが面倒だったので、そう言葉を濁す。

「実は私たち実行委員会のほうでも調べていたんです。単なる学園祭の運営だけでなく、その折々に生じる問題についても対応するのが私たちの仕事なので。毎日円弧館で同盟館の方向を撮影されている方が居たという情報をいただいて、それを手がかりにして片橋さんに辿り着きました。もっとも、最終的には円弧館に設置されていた監視カメラの映像が決定的だったのですが」

江原は目撃証言と監視カメラの映像だけで辿り着いたらしい。まぁ確かに片橋の話を聞く限り、あの部屋に何日間も張り込んでいたようだし、そんな行動をすれば噂も立つだろうし、何度も一眼レフカメラを抱えて移動していれば、嫌でも目にはつくだろう。

「じゃあ、事件の真相はもう」

「ええ。ただ、あれが本当に偽造写真なのかどうかまでは確信が持てませんでしたけど、でも失礼ですが相川さんの話をこっそり聞かせていただいて、それで確信が持てました」

片橋に話しているとき、どうやら江原は話を盗み聞きしていたらしい。

「いや、僕もただ研究室の先輩の力を借りただけだし」

自分はただ画像情報研究室に行っただけだ。実質、何もしていないに近かった。しかし江原は、

「いえ、さすがです」

と何故かうれしそうな顔をしていた。江原とは初対面のはずだが、何がさすがだったのだろうか。

「でも、結局ステージを壊した犯人はわからなかったんだけど」

相川が特定できたのは偽造写真を作ったのが片橋であるということだけだった。ステージを破壊した犯人についてはまだ何の目星も付いていない。

「それについてですが」

江原ははっきりとした口調で言った。

「私たちの考えではおそらくステージの破壊自体も片橋さんの犯行だと考えています」

「その根拠は？」

相川は尋ねる。

「この写真を見てください」

そう言って、江原は黒い携帯を取り出して、その画面を見せた。

「いくつか理由はありますが、決定的なのは、この写真に御形さん以外の人が写っていなかったことです。御形さんの姿は合成されていたはずですし、ということは写真を撮ったとき、少なくとも数十メートルの範囲であの周囲は無人だったことになる。でもあれ程激しく破壊されていれば、周囲に人が集まってくるはずです。いくら深夜だとしても。なのに写真にはそれが写ってなかった。おかしいと思いませんか」

「言われてみれば」

江原の言っていることは確かに筋が通っていた。

「あれは、ステージが壊された直後にあの写真が撮られたことを示しています。ということは、片橋さんはステージが壊されたことをすぐに知ることができる立場にいた。それはどんな立場か」

「それが犯人じゃないかと」

もっともな考えだった。

「断言はできませんが。でも、かなり確度の高い推測だと自負しています」

江原は携帯を操作し、ポケットにしまった。

「可能性は高い気がするけれど、でも断定はできないし、何より証拠がない」

相川は率直な意見を述べた。そもそも、ステージ破壊なんていう大仕事をあの小柄な女性一人で行えるものだろうか。

「そこでお願いがあるのですが」

柔らかに笑う江原の言葉は、しかし唐突だった。

「この件、全て私たちに任せてもらえませんか？」

耳を疑った。

「どういうこと？」

この件とは、つまり偽造写真の騒動についてのことだろう。しかし、意図が読めない。それにいくら何でも横暴ではないだろうか。

「この事件を学園祭が終わるまであまり大事にしたくないんです。当事者の希望で」

相川はますます首を傾げた。

「それはどういう……そもそも当事者っていうのは」

誰のことなのか。そう問いただそうとしたとき、胸のポケットが震えた。

「どうぞ」

と江原はそれに気がついたのか、相川に確認を促した。

別段あまり気にしてはいなかったが、勧められた手前、仕方なく相川は携帯を取る。

メールだった。

『教えてくれてありがとう　でも頼むから学園祭が終わるまで大事にしないで欲しい』

宛名には御形祐一とあった。

「相川さんのところにも届きましたか、御形さんからのメール」

意識はしていなかったが顔に出ていたらしい。その言葉から、また大事にしたくないとの彼女の言葉から、同じような内容のメールが届いていることが推察できた。

「御形さんは何よりも学園祭の成功を望んでいました。私たちもその意思は同じです。今この事件を大事にすれば開催自体が危うい。それはどうしても避けたいんです。加えてSNSなどにそんな情報が流れれば、第三者に弄ばれた御形さんの二の舞になってしまいます」

もともと相川は御形のメールがきっかけで調査を始めたのだ。本人が大事にしたくないのであれば、それは本人の希望を尊重するべきだろう。けれど、相川には疑問が残った。

「そもそも御形は何でそこまでして学園祭を開催したがっているんだろう？」

相川の問いに、江原は目をぱちぱちとさせた。

「もしかして、ご存じないですか？」

「何のこと？」

「御形さんは私と同じ学園祭実行委員の一人です」

「え、御形が？」

それは初耳だった。

「はい。彼は今まで副委員長として、みんなを引っ張ってきてくれました。もっとも、今朝は委員会に来てはいませんが……」

今日の騒動でそのまま大学に来るのは難しいだろう。

「御形さんが戻って来れるかはわかりませんが、せめて、彼の言う通り学園祭は成功させたいんです。だって、何よりも御形さんは学園祭の成功を望んで、頑張ってくれていましたから」

「うん、わかった。そういうことだったら」

そもそも、相川には今後どうするかは目星が付いていなかったのだ。ある意味、江原の提案は彼にとって渡りに船とも言えた。

「ありがとうございます」

江原は深々と頭を下げた。

「写真愛好会、及び片橋さんにつきましては、話をしっかり聞いてから学園祭実行委員会から処分を下させていただきます。おそらく学園祭への不参加は免れないでしょう。大学側へも報告させていただきます。停学処分になるかもしれませんね」

御形を陥れてまで学園祭の開催を願っていたにもかかわらず、それに参加できないとは何とも救われない話だと、相川は思った。

「ところで、訊きたいんだけど、何で僕の名前を知ってたの？」

最初話しかけられたときから、江原は相川の名前を呼んでいた。面識はないはずだし、片橋との会話を聞かれていたとしても、名乗ったのは冒頭だけなので、名前までは知らないはずなのだ。

「御形さんから伺っていたんです。相川さんっていう方がいらっしゃる。とても優しい方だとおっしゃっていました」

「え、御形が、僕のことをですか？」

呆気にとられた。とても信じられなかった。

「何かおかしなことでも？」

「その、御形が僕のことをわざわざ他人に話すなんて、想像がつかなかったので。だってあいつは」

「相川さんが知らなかっただけで、それだけ相川さんが信用されていたということだと思いますよ」

江原は胸を張って言った。

「はぁ、そういうもんかな」

「そういうもんなんです」

江原の言葉には何故か根拠のない説得力があった。地球が四角いと言われても信じてしまいそうな、というよりは信じてみたくなるような口調で彼女は話す。草津キャンパスだけとはいえ、さすが学生数一万人規模の学園祭を取りまとめるだけはあるようだ。

結局、「まぁ、じゃあそういうことにしておきます」と相川が折れる形になった。

「ああ、それでですね、そんな優しい相川さん。もう一つ折り入ってご提案があった
りするのですが」

そう言って、また江原はにこっと笑った。

その笑顔を見て、相川に悪寒が走った。本能で悟ったからだった。間違いなく、面
倒なことに巻き込まれると。

「御形さんが戻ってくるまででいいので、学園祭実行委員、やってみません？」

え…………まじで。

二章

翌日の画像情報研究室は、前日とはうってかわってせわしなく動く学生であふれていた。

「あ、また来たの？」

相川がどうしようかと所在なげに入り口に突っ立っていると、昨日話した松木が、何故か彼はゴミ箱を抱えていたが、相川に気がついてくれた。彼は確か博士課程の学生だったはずだ。

「えーと、君は三回の」

「はい、相川です」

相川は自分から名乗る。これは大学に入ってから身につけたちょっとした処世術だった。松木が自分の名前を覚えているかどうかは怪しかったし、何より人は思った以上に他人には興味がないものだ。

「すみません、今大掃除か何かですか」

もしそうだとしたら邪魔をするわけにはいけない。部外者としては退散し、後でまた来るしかないだろう。

「いや、違う違う。今捜し物しててさ、見つからないと全体ミーティングができないんだよ」

眉間にしわを寄せながら松木は言った。

研究室の至る所で学生たちがそれぞれ段ボール箱をひっくり返したり、本を一冊ずつ取り出して中を確認したりしている。かなり念入りに探しているようだった。もしかしたらかなり小さなものを探しているのかもしれない。学生たちの表情からも緊迫感が伝わってくる。よほど大事な物なのだろうと相川は推測した。

「あの僕で良ければ、手伝いますけど」

相川はそう提案した。こういうものは第三者が探したほうが見つかりやすいこともあるだろう。

「まじか、助かるわ！　猫の手も借りたいところだったんだ」

じゃあ、窓側のほうを探してくれ、と松木は部屋の隅を指さした。

「わかりました」

相川はジャケットの袖を腕まくりをする。

「で、ちなみに何を探してるんですか？」

「またたびさん」

松木は真顔で言った。

「は」

「だから、またたびさん」

ものじゃなかった。めちゃくちゃ人だった。

「え、ええ!? どういうことですか、人が見つからないってこんな狭い部屋の中でそんなことあります？」

相川に狼狽した。せいぜい広く見積もっても画像情報研究室は二〇メートル四方ぐらいだ。人が行方不明になるにはあまりに狭すぎるだろう。

「甘く見るな、またたびさんの寝相を！ ほっとけば縦横無尽に研究室をごろごろと駆け回る。しかもまとってる毛布にゴミをくっつけて拾うもんだからついたあだ名が人間ルンバ」

「既に寝相という次元じゃないですよね……？」

意図的でもそれ程転がるのは難しいだろう。

「こう探しているうちにも刻々と場所を変えてるし、そもそもあいつ歳のくせに小柄だからあり得ないところに潜り込むし」

だからといって、ゴミ箱の中に入ることはないだろうとは思うが。

「松木先輩、Ｄ３ポイントには見当たりません」

研究室の端のほうから、学生の声が聞こえる。

「了解、D４ポイントに捜索範囲を移動しつつ、D３ポイントへの侵入に対する警戒も怠るな！」

「ラジャー」

学生はびしっと敬礼をした。

「えっと、松木先輩、もしかしてこれどっきりとかだったり……」

「ん、何か言った？」

「いえ、何も」

どうやら本気らしい。そもそも、来るかどうかわからない自分にそんなことをするわけがないか。まぁ確かに昨日初めて出会ったときも横たわる木天蓼の存在に気がつかず躓いてしまったのだし、あり得なくはないのだろう。

待てよ。

あのとき、初めて彼女に会ったとき、確か木天蓼はPCに抱きついていたような。何故、あんな行為をしていたのだろう。彼女は寒かったから、と言っていたか。もしかして、木天蓼はPCの発熱で暖を取っていたのだろうか。だとすると、

「松木さん、この部屋で今一番負荷のかかっているPCってどれですか？」

「ん。それはたぶん共有用の計算機サーバだと思う。常時誰かしらがジョブを入れて

るから、フル回転してるし」

しかし、松木は怪訝そうな表情を浮かべる。

「でも、何でそんなことを？」

「それって、どこにあります？」

木天蓼は案の定、計算機サーバを抱えるようにして、横になっていた。黒い毛布で全身を覆って何かの繭みたいな形になっている。

「ほんとにいた……。相川くん、よくわかったね」

「いえ、その、まぁ、何となく……勘というか」

目を逸らしながら相川は言う。さすがに昨日の彼女の前科については話せない。

「おい、またたびさん、そろそろ起きなさい」

松木はその繭をゆさゆさと少し乱暴に揺すった。

ゆっくりと起き上がる木天蓼。毛布がはだけて中から出てきた。毛布の下の服装は昨日と全く同じTシャツ短パン姿だった。

「今、朝じゃないよ……だから、おやすみなさい……」

そのまま彼女は横になろうとする。

「待て、こら」

松木は再び倒れそうになる木天蓼の腕を掴んだ。

「確かに朝ではないですね、既に昼過ぎです」

「全体ミーティング始まるよ。いい加減起きなさい！」

起き上がった後も、否、強制的に起こされた後も木天蓼は呆けたままだった。格好は昨日と同じく着る毛布をマントのように羽織り、Tシャツに短パン姿におまけにぼさぼさ気味のロングヘアーだ。

しばらくして、「うん、起きた」と彼女は言った。起動に時間がかかるなんてまるで古いパソコンみたいだと相川は思った。起きたとはいうものの、相変わらずの寝ぼけ眼だが。

「おはようございます、木天蓼先輩」

「ん？　今昼だよ、何言ってんのさくらくんバカじゃないの？」

「それは完全にこっちの科白です！」

木天蓼はぶるっと身体を震わせた。

「さむいー、てか、エアコンの冷房の設定温度下げすぎなんだよ！　私すごく冷え性なのにぃ！」

木天蓼は嘆いた。

ああ、なるほど。相川は納得した。女性には寒がりの人が多いというし、この研究室には見た感じ木天蓼以外女性が居ないので、どうしても温度を低めに設定されててしまっているのか。木天蓼がいつもマントのように毛布を羽織っている理由がようやくわかった。わかったところでその選択肢を選んだ意図は不明だが。

「下げすぎって、二七度ですよ。またたびさん三〇度以下全部寒いっていうじゃないですか……そんな室温で研究してたら、みんな熱中症でぶっ倒れますよ」

黒いポロシャツを着た学生が木天蓼に抗議した。

「一応研究室のメンバーのエアコン設定温度の希望はアンケートで聞きましたよ。それで、ちゃんとそのメディアンを取ったんじゃないですかー」

もう一人の目を前髪で覆う学生が続ける。メディアンは数学の授業で習ったことがある。全てを足して割って出すのが平均値だが、メディアンは異常に高い最高値や低い最低値の影響を避けるように算出する値だ。

「メディアンを取ったら私の希望は切り捨てられてるじゃん！　テレビニュースの出してくるインチキデータみたいに愚直に平均値とれよ！」

木天蓼の嘆きを、学生の一人は鼻で笑った。

「甘く見ないでくださいよ、僕らもここで鍛えられてますからね！」

「そもそもまたたびさんが、それを狙って希望設定温度六〇〇度なんていうあり得ないの書くからいけないんですよー、さすがに狙いがばればれ」

「てか六〇〇度もあったら、蒸発しますよ、僕ら」

話を聞くに、平均値を三〇度付近にするために木天蓼は一人だけ異常に高い値に設定したのだろう。メディアンを取るとそういった極端な値はほとんどノイズとして扱われる。

「うぐ……覚えとけよー」

相川にとって、意外な光景だった。初めて会ったときはかなりの際だった人物だという認識だったが、見る限り、研究室のメンバーには溶け込んでいるらしい。まぁ当然ながら変人扱いはされているようだけど。

席に戻ると、木天蓼は机上の山の中からノートやらボールペンを取り出していた。おそらくミーティングの準備をしているのだろう。

「木天蓼先輩、もしかしてその格好でミーティングに参加されるんですか？」

「失敬な、ちゃんと身だしなみくらいするよ、馬鹿にしないで」

と彼女は言うと、ハンディクリーナーで毛布にこびり付いていた埃を綺麗に吸い取っていた。それじゃない、それが言いたかったわけではないんだが、ともあれ。

「ところで何しにこんなところ来たのさくらくん。暇なの？　友達ゼロなの？　存在する意義ないの？」

酷い言われようだった。

「ここに来ただけで何故そこまで言われてるんですか、僕は……？」

何故、存在意義を疑われなければならないのだろうか。

「ああ、そうだよね、ごめんね、友達ゼロでも人は誰しも生きる価値があるよね！ドンマイ」

「別に凹んではいませんし、友達はちゃんと居ますし」

というか仮にへこむことがあったとして、原因はあんただ。

「え、それってもしかして、さくらくんが一方的に友達って思ってるだけじゃ……」

「いい加減に黙ってください、この変人毛布女が！」

相川は思わず怒鳴った。木天蓼は固まった。

「…………がーん」

「……えーと、今日来たのは、その、先輩にちゃんとお礼を言いたくて」

「うん。そうだね、お礼は大事だよね、でも、ちゃんとお礼を言う場合、罵るのはいかがだろうか」

「すみません、僕としたことが取り乱しました……」

相川は昨日の顛末を説明した。木天蓼の考えは当たっていて撮影場所は円弧館だったこと、そのミーティングルームの使用記録から写真を撮影したのは写真同好会の片橋という学生だったこと、そして片端は犯行を自供し、ひとまず一段落したことを。

その話を木天蓼は頷かずに、ともすれば寝ているのではないかと思うくらいに静かに聞いていたが、相川が話を終えると「そっか、よかったね」と一言だけ口にした。

そして、両の手を差し出してきた。

「さぁ、ではギブミー貢ぎ物」

「へ」

「事件を解決したんだから、私に対しての報酬はあってしかるべきだと思うのだけれど」

木天蓼は真顔だ。

「そんな、面白そうだから協力してくれるって言ってたじゃないですか」

「うん。でも、報酬をもらわないと明言したつもりもないけど。それに感謝って、あえて言わずとも自然に出てくる、そういうものだと思うんだよねー」

確かにそうなのかもしれないが、少なくとも当人が言っちゃダメだろうと相川は思った。本当に手ぶらでお礼を言いに来た自分も迂闊だが。

「そんなこと言われても、僕バイトしてないんでお金あんまりないですし」そう言いながら、ポケットに手を突っ込んでみる。「あ、強いて言えばこんなのありますけど」

そう言って彼はたこせんの割引券を渡した。円弧館を訪れたときにもらったものだ。

しばらくそれを訝《いぶか》しげにと見つめると、二、三回頷いて「うん、悪くないね、もらっとく」と木天蓼は受け取った。

て渡す自分も自分だが。まぁ、そう思っていたのだが。まぁ、そう思っていた

「え、あ、はい、どうぞ」

　相川にとって予想外の反応だった。こんな紙切れ一枚で納得してもらえるとは。てっきりまた嫌みの一つでも言われるものかと思っていたのだが。まぁ、そう思っていて渡す自分も自分だが。

「御形にも、今回のこと話しておきましたよ。ありがとうって言ってました。あと、木天蓼先輩が解決してくれたって話したら、先輩にお礼言っておいてくれって」

　騒動が大きくなりすぎたのもあってか、さすがに大分凹んでいるようではあった。もちろんこれは自分の推測に過ぎないが。

「あそ、それはどうでもいいや」

「どうでもいいってそんな」

　彼女のぞんざいな反応が少し相川の気に障る。

「だって別に私はその子に興味ないもん」

　木天蓼は立ち上がった。

「私は写真を見ただけ。彼を救ったのは君だよ」

　思わず呆けてしまった。しばらくして「あ、はい、どうも」とだけ答えた。今のはもしかして褒めてくれたのだろうが。あの木天蓼が、自分のことを。俄には信じ難い話だが。

「それに……」

「何ですか?」

「いや、やっぱり何でもない。気にしないでおいて」

はぁ、と相川は空返事する。彼女は一体何を言おうとしたのだろうか。

そもそも今更ではあるが、何故彼女はあのとき自分を助ける気になったのだろうか。最初、相川が木天蓼に事件のことを話したとき、全く興味がないふうだった、というよりむしろ、やっかいごとを持って来たくらいの反応だった。けれど、彼女は最終的に偽造写真のトリックを見破り、相川にわざわざデモンストレーションまで披露してくれた。一体どんな心境の変化があったのだろうか。相川には全く心当たりがなかった。

『君はすごく面白いね』

あのときの木天蓼の言葉。何かそれ程おかしなことを自分は言っただろうか。終始小馬鹿にされている印象しか受けなかったのだが。どうやら、その結論は一朝一夕には出そうにないと相川は思った。

気がつくと、研究室の学生はまばらになっていた。おそらくミーティングのために会議室に移動したのだろう。さすがに空の研究室に残るのはばつが悪い。相川も研究室を出て行こうとすると、そこで「まった」と松木に肩を掴まれた。

「うちに興味あるんだろ? 君も見学して行きなよ、ミーティング」

「はい？」

＊

「おお、まだ入ってへんのに見に来てくれたんか。感心やな。ええで、見てき」

創造館四階の会議室で松木が吉原教授に相川のミーティング見学のことを説明すると、にこにこしながら快諾してくれた。そしてとんとん拍子に見学が決まってしまった。

までですか。

松木はどうやら相川のことを画像情報研究室に興味がある学生だと誤解しているらしかった。確かに昨日今日と研究室を訪問していたし、事件の解決のためとはいえ、カメラを使った背景差分法のデモを見せてもらっていたのだから、そう思われてもしょうがないだろう。相川としては見学にそこまで乗り気だったわけではないのだが、というか一度も参加すると明言していなかったのだが（はい？　とは返事したが、あくまで疑問形だ）、流れに流され逆らえず結局ミーティングに参加することになった。

どこの研究室を選ぶかということについて相川は悩んでいたので、全く興味がないかと言えば嘘になるし、それにもしかしたら佐々木の言っていたあの画像情報研究室の噂の真相も確かめられるかもしれないと思った。そうだとすれば渡りに船と言えなくもない。

　会議室には併せて二〇人程の人が集まっていた。長机が八つ程、四角形を作るような形で並んでいる。部屋の一番奥にはスクリーンが設置されている。四角形の一番前側の一辺には誰も座っておらず、かわりにプロジェクタとノートパソコンが設置されていた。おそらく発表用のスライドを映すための準備をしているのだろう。その反対側の一辺の中央に吉原教授、隣には助教の小林が座っている。詳しい年齢は知らないが、見た目から判断するに三十前後の若い教員だ。よく実習系の講義を担当していたので相川には見覚えがあった。吉原教授も小林助教も学生らと和気藹々と談笑している。佐々木の話では鬼の吉原と呼ばれているらしいが、そんな面影は全くない。

　噂はあくまで噂か。そもそも出所はあの佐々木だし。

　相川は正面から見て右側の辺の中央席に座った。

「隣、座っていい？」

　声をかけられ振り返ると前髪の長い学生が居た。先程、研究室で木天蓼と話していたうちの一人だ。相川は首肯する。

「どうも、修士一回の石原、よろしくー」

　相手が手を差し出してきたので、相川も自然と握り返す。

「相川です。こちらこそどうも」

「三回生だよねー、今日ミーティング参加するんだ？」

石原は間延びしたしゃべり方で訊ねる。

「あ、はい。松木先輩に、勉強になるからって言われて」

「ああ、なるほどね。よくまたたびさんと話してたから、誰だろあいつ、って研究室で話になってたんだよー」

どうやら知らない間に注目されていたらしい。

「いや、最初に研究室にお邪魔したとき、木天蓼先輩しか居なくて、それで」

「あー。なるほど。今日はミーティングがあったから、みんな比較早めに居るけど、何もない日は遅くなりがちなんだよねー。ほら、うちら情報系の研究って、回転が早めだし、基本的に時間を気にしなくてもいいから、生活不規則になりがちだし」

これに関してはどこの研究室も似たようなもんだよ、と石原は付け加えた。

「またたびさんも生活スタイルが根幹から崩壊してるけど、毎日研究室に泊まってるからいつも居ることは居るからねー」

「毎日泊まってる？　え、何でですか？」

確かに初めて会ったとき、木天蓼は寝ていたが、てっきり休憩しているのか、あるいはその日だけ徹夜していたのだと思っていた。

「何か、そのほうが合理的なんだって。そもそも家に帰ってる時間が無駄なんだってさ、だったら研究室で寝たほうがいいって。シャワーも創造館内にあるシャワールームで済ませてるって聞いた。しかも深夜に」

「合理的って……というか、創造館にシャワールームなんてあったんですね」

「危険な薬品が身体に付着したときに使うための施設で、またたびさん以外ほとんど使ってないらしい。食事も全部連鎖館の食堂、しかもロボットに運搬任させてるから、そもそも創造館から外に出ること自体まれだし、てか下手したらここ一ヶ月は外に出てないんじゃないかな?」

たまに研究室に泊まり込む学生が居るということは聞いていたが、それにしても木天蓼の例は極端だ。木天蓼の肌はやけに青白く感じたが、それは単に日の光を浴びていなかったからなのだろう。

「何か、まるでドラキュラみたいですね……そういえば黒い毛布もマントみたいに羽織ってるし」

初めて出会ったときも、そんなことを考えたのだったか、と相川は思い返していた。ただ当のドラキュラには迫力はまるでないが。

「お陰でちまたでは『黒衣の魔女』とかー、『天才中学生』って呼ばれてる」

「それは……ただの見た目ですね」というか、単なる悪口だった。「……ちなみに、今恐ろしいことに気がついてしまったんですが、石原先輩、またたびさんって今いくつかご存じですか？」

「えーと、確か二五歳ぐらいじゃなかったかな」

「二五!? あれでですか、あのフォルムで、あの格好で、あの生活スタイルで二五ですか？ 人が人生で一番きらきらと輝くべき年齢のはずなのに、そんな二五歳なんて悲しすぎるじゃないですか！」

思わず相川の言葉に熱が籠もる。

「いや、博士課程なら妥当な年齢だよー、てかさりげに世界中の博士課程に喧嘩売ってるよーな……。まぁでも、女を捨てて研究に打ち込む姿、研究者の鏡だよね！」

「おいお前ら、声が大きいぞ、そんなのまたたびさんに聞かれたら……」

相川を挟んで隣に座っていた松木が注意する。

「ちょっとー」

案の定、木天蓼の声が飛んだ。

「女を捨てた記憶なんかないけどー」

「あ、すみませんー」

石原はへらへらと笑いながら謝った。

木天蓼はしばらく思案顔をして言った。

「てか、そもそも手に入れた記憶もない……？」

会議室が沈黙した。

「……またたびさん、何かほんとすみませんでしたっ!!」

しばらくして、書類が出席者づてに回ってきた。松木はそこから三、四枚取り出し相川に手渡してくる。「これ、簡単に目を通しておいてね」

松木に手渡されたレジュメは、A4に見開きで印刷された資料で、それぞれ2カラムに分かれる形で文章、そしていくつかの図で構成されていた。中身はそれぞれのページで違うようだが、どれもぱっと見ではよくわからない内容で、グラフや数式などが列挙されていた。

「これは、論文ですか?」

そう訊いたのは、一度似たような形式の資料を講義で扱ったことがあったからだ。

「いや、これは発表用の参考資料だよ」

「参考資料?」

「今回の定期ミーティングのだよ、週一の。うちは大体週一回に学生三人くらいが研究の進捗を報告するんだ。今日は四回生三人が担当で、卒業研究のテーマ決めに関する発表をやるんだよ」

ということは、これは四回生が作ったのか。相川は内心驚いた。

「そういうのって学生がやるんですか」

そう返したのは以前、多くの研究室では指導教員からテーマを与えられるか、あるいはいくつか設定されたテーマの中から選ばされるという話を聞いたことがあったからだった。

「うちの研究室のテーマは自由。何を研究したっていいし、だから研究テーマも学生が主体で考えるんだよ。テーマを決める段階では基本アドバイスぐらいしかしない」

松木の話によると、指導教員がテーマ管理をしたほうが研究室として学会発表や論文として成果が残しやすいものらしく、画像情報研のように学生、しかも学部生が自分でテーマを考えるところは珍しいらしい。

「へぇ、自由ですか。何かそのほうが面白そうですね」

相川は素直にそう思った。やはり研究するからには自分の好きな物をテーマにしたほうがずっと面白いだろう。

「面白いか……それだけだといいんだけどね」

と松木はにやけながら意味深に返した。

「確かにうちは自由だよ。『研究』になってさえいればね」

一体どういうことだろうか。相川が問うと松木は苦笑いして、胸ポケットに入れていたスマホを指さし、

「念のためだけど、マナーモードにしてしまっておいて」

と話を逸らして誤魔化した。

学生の発表が始まった。会議室のスクリーンにプロジェクタでスライドが映し出される。タイトルは『半自律型救助ロボットの開発』。

「それでは長谷川の発表を始めます。近年、災害現場にも突入可能な遠隔操作ロボットの研究に注目が集まっています」

そこにいくつかのロボットが映し出された。どれもテレビやネットニュースで見覚えがあるものだった。

「災害時では三日以内に救出できるか否かが、人の生死を分けるとされています。そのため、人が入り込めない場所に突入できる遠隔操作ロボットによる救助は有用的です。しかし、そういったロボットの長時間の遠隔操作は操縦者に負担がかかるという問題がありました。そこで操縦者の負担を軽減するために遠隔操作ロボット用の操縦補助システムが必要です。そこで私は常に注意を払わずともロボットを遠隔操縦できる操縦補助システムの開発を検討しました」

どうやら長谷川の研究テーマは災害救助ロボットらしい。長谷川は堂々とした態度で発表を続ける。

「こちらの動画をご覧ください」

　そう言って長谷川が画面を切り替えると、どこかの部屋の映像が流れた。しばらく見て、それが画像情報研究室だとわかる。部屋中が明るいから昼だろうか。おそらく人の頭と同じくらいの高さで研究室の奥側から入り口方向を向かって撮影していた。少しして引き戸を開けて人が入ってくる。松木だった。入るなりあくびを浮かべるので、会議室中にくすくすと笑い声がこぼれる。

「おい、何で、そこで笑うんだよ」

　と松木が言ってさらにどっとたった。

「長谷川くん、今度撮影するときはもうちょっといい顔で撮ってくれよー」

　松木が嘆くように言う。

「すみません、今度から気をつけます」

　しばらくしてスライドに映っている松木を四角い青い枠が囲った。「おお」という声がどこからともなく聞こえてくる。

「これは画像中から人を認識した映像です。しばらくすると」

　今度は松木を囲っていた青い枠が赤色に変わる。そしてその上に『MATSUKI』とローマ字が表示された。

「このように個別認識します。画像特徴量としてはHOGを使って人物認識をしています。人の判別には事前に登録した顔のデータベースを使っています」

「これは自分で作ったんか？」

吉原教授の問いに長谷川ははっきりと「はい」と答える。吉原は笑みを浮かべた。

「ほぉ、そりゃ、すごいなぁ」

その言葉で緊張がとれたのか、長谷川はすらすらとその原理について説明を始めた。

「……と、以上のような原理で個人判別をしています。長時間のロボットの遠隔操縦により、操縦者には疲労が蓄積し、救助者の見落としなどに繋がりかねません。そこでこの認識補助システムをロボットに搭載することで操縦者の負担を減らします」

正直なところ、長谷川が何を言っているのか相川にはほとんどわからなかった。相川は曲がりなりにも大学三回生であり、選択した専門の授業もほとんど欠席したことがない、ある意味で希有な学生の一人だったのだけれど、長谷川が作り上げたその人物認識システムは明らかにその理解を超えていた。大学の学部の授業は研究に必要な専門知識の「基本」を学んでいるものだと思っていたけれど、それを学んだ上でも長谷川のシステムがどのように作られているのかは皆目見当がつかなかった。木天蓼のロボットもすごかったが、長谷川はまだ四回生だ。一年違うだけでここまで違うのか。

「情報系って研究の進歩の速度が速いから、研究室入ってから学ぶ範囲は膨大なんだよ。入ってからの一年間は今までの十倍は勉強することになると思うよー」

左側に座っていた石原がいたずらっぽく言う。

「松木さん、長谷川くんは結構できる子ぽいすね」

「いや、でも」

松木はそう言ってため息を吐いた。

「これは荒れるだろうなぁ」

荒れる？　相川は尋ねる。

「え、それはどういう」

「にい」

部屋の隅から声が聞こえる。

「一ついい？」

木天蓼だった。脱力した感じで肘つきながら手を挙げている。長谷川に促されると木天蓼は何事でもないように言った。

「それのどこが研究なの？」

「え」

発表者の身体が固まったのがはっきりとわかった。

「その、救助ロボットと画像認識を組み合わせることで、より楽に操縦ができるので」

何とか答えようとするが相川から見てもしどろもどろになっているのがわかる。

「でも救助ロボットだったら、人命第一だよ。何で楽に操縦する必要があるの？　たくさんの人を使ってでも確実にしたほうがいいんじゃない？　しかもロボットのほうが人を見落とすリスクがあるのに」

「それは……」

長谷川は言葉に詰まる。それを意に介さず、木天蓼は続けた。

「あと災害現場で探索するとなると、おそらく照明条件も悪いだろうし、人物の顔を真正面から撮影できるなんてベストな条件が揃うことなんてまずない。こんなに条件の良い日中下で実験しても無意味だよね。君の作ったこれには何の意味があるの？」

長谷川は完全に沈黙してしまった。

「あと小林先生、災害現場に遠隔操作のロボットを簡単に投入できますか？」

木天蓼は助教の小林に尋ねた。

「いや」

小林は苦々しい顔を浮かべて言った。

「震災のとき、特に地震災害のときは運搬できる人材、物資は限られてくる。救助ロボット一台を運ぶのに、現地に送ることのできる自衛隊員が一人は確実に減る。そのロボットの作業要員も入れると二人。災害救助用のロボットを導入する場合はそことの兼ね合いを意識しないといけへんね」

「ねぇ、君の提案する遠隔操縦ロボットは、一人のプロよりも活躍できるの？」

重い空気が流れていた。

長谷川も必死に言葉を紡ごうとするが、なかなか繋がらない。

その様を見ているのが相川には居たたまれなかった。何故、彼はこんなにも責められているのだろう。こんなにすごいものを作っているのに。自分では想像もつかないような技術の知識を持っているのに。

「これが自由だよ」

松木は相川にだけ聞こえるような小さな声で耳打ちした。

「従来やられてない、やりがいのあることを今までにやられてない方法で解決する。それが応用工学における研究。それを知識もない、技術もない学部生の頭だけで考えるのはとんでもなくしんどい。例年落ちてく子は大体この研究テーマを決めるところで脱落してく、まぁつまりは落第しちゃうんだけどね。研究テーマを誰かから与えられるほうがずっと楽なんだ」

そういう意味では、これを学部生に課す吉原教授はまさしく鬼だな、と松木は付け加えた。相川は佐々木の言葉を思い出した。

『鬼の吉原って言われてるらしいしな』

これが研究なのか。

長谷川はたった一年しか自分と違わないのに。もしかしたら来年は自分があの場所に――。

「全然足りてないね、関連研究のサーベイ、もう一度やって。小林先生が救助ロボットには詳しいからいろいろ訊いてみて」

抑揚のない口調で木天蓼は続けた。

「――ちゃんと調べました」

長谷川は口を開いた。

「いろいろ考えたんです、でも、新規性よりもどうやったら人に役に立つロボットを作れるかって考えて」

「あちゃー」

その瞬間松木は顔を手で覆った。まるで次に起こることを全て知っているかのように。

木天蓼は言った。

「あ、そ。じゃあ君、才能ないよ、研究辞めたら？」

会議室の空気が完全に固まったのが相川には見えた。

ふいに手を叩く音が聞こえる。隣の松木だった。

「いやー、よく動いてたよ長谷川くんのプログラム。画像認識でちゃんと動くのを作るのって結構難しいんだよなぁ。相当作り込んだんじゃない？」

松木は明るい表情で言う。しかし、長谷川に気を遣っているのは明白だった。

「今の時期にここまで作れるんだったらいろいろやりようがあるよ。グループミーティングで練ってこう」

「……はい、すみません、ありがとうございます」

＊

その後も会議は終始重苦しい雰囲気で進んだ。他の先輩学生らも、確かに厳しい質問を発表者たちに向ける。それは発表者が他の学生たちに比べまだ研究を始めてから日の浅い四回生だから致し方ないのかもしれない。けれど、その中でやはり木天蓼の質問だけは質が違った。

「それは何の意味があるの？」

「君、車輪の再発明って知ってる？　サーベイを一からやり直して」

「別の方法なら、もっとシンプルに楽に実現できるよね。自分で勝手に問題を難しくしてない？　わざわざ回りくどく難しいやり方でやる意義はないんじゃない？」

最初は何故そう感じたのか、相川にはわからなかった。けれど、聞いていくうちに次第に相川は理解し始めていた。木天蓼はうわべの、枝葉になるような質問をしていない。ただ、彼女は本質を、存在意義を問うていた。

まるでこう問われているような――『君は意味のあることをしてきたの？』――否――『君が存在する意味は本当にあるの？』

「はい、おつかれさん」

会議が終わると松木は相川の肩を肩をぽんと叩いた。

「酷い顔してるよ、相川くん寝不足？」

言われてから相川は初めて自分の状態に気がつく。今、どんな顔をしているのだろうか。

あまり心配させまいと空笑いをしてみる。

「いえ、そういうわけじゃないんですけど、さっきの会議を見ていて、つい、その」

考えがいくつか巡ったが、うまく言葉にならなかった。自分が学んできた三年間では、ただの定期ミーティングでさえも全く付いて行けなかった。そして目前で自分よりも遙かに知識もあり、努力をしているだろう先輩学生たちが木天蓼によって真っ向から否定されていた。

「すごいですね、研究室って」

そんな科白しか相川には言えなかった。

「厳しいこと言うようだけど、こんなのざらだよ。むしろ、まだセーブしてたぐらいだ。あくまで彼ら四回生にとっては最初のミーティングでの研究発表だからね」

「でも」

相川はその後の言葉を続けられなかった。

「後輩学生の指導は僕ら博士課程の仕事の一つだし、それにまたたびさんは何も間違ったことを言ってないしね」

ただ、と松木は付け加えた。

「言われるほうからすると、本当に正しいことを言われるのが、何よりもきついんだけどね。逃げ場がなくなるから」

相川が会議室を出ると、木天蓼が廊下の壁にもたれかかるように突っ伏していた。

「……な、何やってるんですか、木天蓼先輩」

「あー、さくらくん？　ちょっと休憩中」

その休憩の仕方は二次会終わりのダメなＯＬだ。

「ミーティング終わりはどっとくるの、すごくねむい……」

終始かなり厳しいコメントを言っていたし、ああいうふうにずっと気を張り詰めていたら、木天蓼のほうも相当疲労するのだろう。実際相川もただ質問も発表もせず聞いていただけであったが、終わってからかなりの脱力感に襲われていた。

「結構白熱してましたもんね、さっきの会議」

「え、そう？　むしろ今日は平和だったよ。それより、ねぇ。何で、ミーティングのときって部屋暗くするんだろう？　あんなの眠くなるよねぇ」

「そっちの理由!?」

相川は額に手を当てる。

「部屋が明るいとプロジェクタが見にくいから仕方ないですよ」

「そんなの、プロジェクタの力不足じゃん。ちゃんと仕事しろよーもうー」

「あの、木天蓼先輩」

呼んで、何度か躊躇いながらも、相川はこう続ける。

「他にも言い方はなかったんでしょうか」

「……ん、何のこと？」

「さっきの、長谷川さんのとき。あれだけのプログラムを作るのって結構大変なんですよね？　後輩の僕が言うのもあれですけど、がんばってるじゃないですか。だったら、あそこまで貶《けな》すことないんじゃ」

「……さくらくんは全然わかってないね、お人好しが過ぎるよ」

そう言って彼女はため息を吐いた。そして、ゆっくりと身体を起こし、相川の目を見つめた。

「研究者にとって、今までと一緒のやり方で何かをやることは何もやってないことと同じなんだよ。ただ汗をかくことを努力とは言わないの」

重い一言だった。そして、木天蓼はその場にするすると滑るように項垂れると、そのまま横になってしまった。

「まーた、またたびさん寝てる」

後から出てきた松木が呆れた表情を浮かべる。

「研究室まで、運びましょうか？　階が違いますし」

相川が提案する。

「大丈夫だよ。放っておいても。またたびさんには帰巣本能があるから」

「もう完全に動物扱いなんですね……」

そう言うと、松木は本当に放置して帰ってしまった。相川はしょうがなく、とりあえず捲れていた毛布だけを整えて、その場を去った。

『研究者にとって、ただ汗をかくことを努力とは言わないの』

脳裏でその言葉を反芻する。しかし、それを咀嚼するにはあまりに足りなかった。何が？　それすらも今の自分にはわからないくらいに。

本当にそうなのだろうか。本当に彼女の言っていることは正しいのだろうか。

会議前に作られたレジュメだって、一朝一夕でできる物ではないはずだ。デモで見せていたプログラムだって、実際にコードを書かなければいけないわけだし、そもそもそこに至るまでにかなりの勉強が必要だったはずなのだ。それこそ相川たちが今まで学んできた十倍以上の勉強を。そんな彼らのしてきたことを何と呼べばいいのだろうか。あれを努力と言わないのなら、一体何が努力なんだろうか。

自分は、どうすればいいいんだ。

わからない。

ただ。少なくとも木天蓼のやり方がベストだとは思わない。

もっと他に言い方があったはずだ。あんな突き放すように言わなくたって、例えばもっとやる気の出るように励ますとか、松木のように気を遣ってやるとか――。

振動した携帯電話が相川の思考を遮った。メールが届いたようだった。送り主を見る。

「あ」

そこで、相川はあることに気がついた。結局言いそびれてしまった。

そのお人好しとやらのせいで、自分が学園祭実行委員になったことを。

＊

「だから絶対に犯人は漫画研究会だ、間違いねぇ！」

現代美術研究会の会長、涼城《すずしろ》は声高に叫んだ。

「だからうちらはやってないって、こんなの現代美術研究会のただの因縁よ！」

漫画研究会の会長、瀬里《せり》は激高した。

そして、その間に挟まれていた学園祭臨時実行委員の相川作久良は頭を抱えていた。

「えーと、とりあえず話をちゃんと聞かせてもらえます？」

＊

話は研究室ミーティング後に遡る。相川は同盟館二階に、もっと正確に言うと同盟館二階に臨時にできていた学園祭実行委員室に向かった。

同盟館の二階は普段は何にでも使えるレクリエーションスペースになっているらしく、そんな事実を相川は露も知らなかったのだけれど、学園祭期間に当たる学園祭当日までの一ヶ月間は学園祭実行委員がそのスペースを占有するらしい。もちろん大学側も了承済みの話である。

その長である江原奈瑞菜——相川を学園祭実行委員に引き込んだ張本人だが——は一番奥の席に、まるで自分がこの集団のリーダーだと主張するように座していた。いや、実際にリーダーなのだが、それはさておき相川は少し緊張しながら、江原に声をかける。

「相川さん、来てくださったんですね？」

相川に気がつくと江原はぱぁっと顔を明るくした。

「本当にありがとうございます！　助かります！」

「いや、まぁ手伝うくらいなら別にたいした手間じゃないし。それにあくまで御形が帰ってくるまでだったら、御形には気兼ねなく休んで欲しいし」

正直なところ、相川としては積極的に江原に押し切られ、成り行き上引き受けざるを得なくなったというのが本音だった。

江原は笑った。

「御形さんは本当にお優しい良いお友達を持たれましたね、いいですね、男同士の友情、何て美しいんでしょうか！」

何故か江原は目を輝かせている。

「いや、別にそんなんじゃ……」

江原はどうにも自分を過大評価している、というか何か勘違いしているような気がする。これはこれでなかなかに御しがたいタイプの相手だ、と相川は思った。

「それで、頼みたいことっていうのは何？」

そもそも、最初江原に頼まれたときには委員を依頼されたにもかかわらず仕事内容などは説明されず、相川が訊いても「スーパーサブです！」と濁されていた。彼女の雰囲気から委員と言ってもほとんど形だけになるのではないかと、相川は思っていたが、先程急に江原からのメールが届き、ここに呼び出されたという格好だった。

「ええ、それなんですが」

江原は深刻そうな表情を浮かべる。

「相川さんには、学園祭実行委員会の特殊遊撃部隊として活動して欲しいんです」

「え？」

素っ頓狂な提案に相川はあからさまに反応してしまう。

「遊撃部隊って、その、戦争じゃあるまいし……」

「いーえ」

だん、と机を叩く。

「私が実行委員になってからというもの、それはもう日夜、野を駆け山を巡っているような状況ですよ！　例年実行委員はほぼ勉学や単位をかなぐり捨てる形で運営活動をしているのがよーく、わかりました」

「はぁ」

江原はふざけているのか、まじめに言っているのか判断のつきにくいかしこまった口調で話を続ける。

「このキャンパスだけで学生九千人ですよ、九千人！　そんな大人数の学生のイベントを委員二〇人そこらで回すなんて常軌を逸した所業です！　学園祭を円滑に運営することと、もうこれは戦争みたいなものですよ！」

指をぴんと立てると、鼻同士が触れそうなくらい詰め寄ってくる。

相川は避けるように仰け反った。

「ものなんですか……そうですか」

江原は身長も高く（ヒールを履いてるので、よくわからないが素でも一七〇センチはありそうだ）、足も長くまるでモデルのように（といっても相川は本物を見たことがないのであくまで想像だが）すらっとしており、大人びた容姿であるのだけれど、言葉遣いや仕草はどちらかというと子どもっぽい。かわいい系というのだろうか、とにかく愛嬌があった。何故か、同級生であるはずの相川にも敬語を使っているところも幼く映る。その仕草は本人が意識的にしているのか、あるいは天然なのかは知らないが、こんな子に頼まれごとでもされたら、大抵の男だったらいちころだろう。もっとも事実だけ見れば自分もその一人であることは、あまり考えたくないが。

「そもそも、学園祭は今週末、あと三日後ですよ！　今更イベント運営では素人同然の相川さんが今まで数ヶ月間活動されてきた他の委員の人とちゃんと連携がとれると思いますか？」

「いや、思いませんが、僕だったらそもそもそんな素人をスカウトしないけど、てか、巻き込んだのは他ならぬ江原さんなんだけど……」

あまりの言いぐさだったので、相川は思わず本音を返す。

「すみません。そういうわけではなくてですね」

と江原は小さな手を横にぶんぶんと振った。どういうわけでないのだろうか。

「これは、他の方じゃダメなんです。相川さんじゃないと！」

江原はふいに僕の手を掴むと両手で包み込んだ。

「……はぁ。でも僕ができることなんて、知れてますよ」

これは別に卑下でもなく単なる事実だ。江原は首を振った。

「そもそも、私が相川さんをスカウトしたのは、相川さんのそのお人好しさ、もとい、問題解決能力を買ったんです！」

相川の知る限り、お人好しさと問題解決能力の意味はイコールではない。本音を漏らしやがったな。

「ごほん」

取り繕うように江原は空咳をする。

「実際に学園祭実行委員を運営してわかったのですが、実はいろいろと想定外の問題が生じておりまして……例えば、備品関係の盗難ですとか、出店とかではお金が絡んでくるので、その金銭関係のもめごとですとか」

「へぇ、物騒ですね」

と言いながら、そういうことが起こっているのは何となく風の噂で知っていた。主にゴシップ好きの佐々木からだが。人数だけはやたらいる大学だし、ヒトが居るところには自然と問題が起こる。だから、相川は別段驚かない。

「あと、御形さんの事件のようなことですとか」

そこまでの江原の物言いを聞き、ようやく相川は彼女の狙いがわかった。

「えーと、つまりちょっとした事件とかアクシデントを解決するのがその遊撃部隊、もとい僕の仕事だと」

「そういうことです、さすが相川さん、理解が早くて助かります」

「なるほど」

と言って相川はわざと大きなため息を吐いた。

「たぶん御形のえん罪を暴いたことを評価されてるんだと思うんだけど、あれはほとんどまぐれというか、偶然うまくいっただけで」

もちろん、その言葉の意味には木天蓼の協力が得られたことも含まれていた。あの変人博士学生の協力がなければ、相川は簡単に行き詰まっただろう。そして、彼女の協力が毎度得られるとは限らない。きまぐれ――ではないと思うのだが（これはあくまで願望的予想だ）、少なくともその行動原理は相川には皆目不明だ。

「大丈夫です、相川さんならきっとうまくできるに違いありませんから」

揺らがない意思を感じさせる表情で、江原は言った。

相川は想像する。江原はおそらく自分の性質、つまりは頼まれたら断れないことも都合がいいと思っているに違いなかった。自分であれば、無謀な依頼であってもきっと引き受けてくれるだろうと。江原とは昨日出会ったばかりのはずだが、何故そこまで把握されてしまっているのだろう。

くそ、御形のやつ、江原に何て話したんだ？

ともあれ。

「一つだけ断っておきますけど、そもそも事件を解決したのは僕ではなくて――」

「――というわけで早速、相川さんのお仕事なんですが、実は円弧館でちょっともめごとがありまして」

ぶった切られた。

「早速現場に言って事情を訊いてきて欲しいんです」

「訊いてきて欲しいって、訊くだけでいいですか？」と希望的観測を述べてみるが、

「いえ、その上で、ちょっとしたもめごとを収めて、あわよくば解決していただけると助かるのですが」

と江原は笑顔で返した。かなり歯に衣着せぬ女性だった。

「大丈夫です、相川さんならできますよ！」

その後江原は簡単に用件を伝えると、

「では、私は別の用事がありますので」

とその場を去ってしまった。断るきっかけを失った相川は渋々現場に向かうことにした。

「う」

相川は思わず、声をもらした。

実は先程から気になっていたのだが、周囲にいた学生からの目線が相川に突き刺さっていた。彼らは相川が振り返ったとたん、急に目を逸らした、気がする。気がするだけだから、気のせいなのかもしれないが、いやそれにしてもやたらそわそわしすぎている気がする。

何かまずいことしたのだろうか。

「別に気にせんでええよ」

不意に背後から声をかけられる。相川が振り返るとそこには短い金髪の男がにやけながら立っていた。

「どうせ、何こいつ姫と仲良く話してるんだよ、的なやっかみやから」

「姫？」

「そ。江原さんのこと」

その軽薄そうな男は工学部三回の平子と名乗った。

「君が相川君やろ。江原さんから話し聞いとるよ、随分お人好しなんやね。なかよしてや。しっかし、あんなにじろじろ見ることないのにな、パンダやあるまいし」

相川は正直気のせいかと思っていたが、第三者から見るとよほど露骨だったらしい。よくよく見ると周りに居た学生のほとんどが男子学生だった。なるほど、それで姫か。

「江原さんは美人だしね」

「まぁそれもあるけど、ああ見えて結構人徳もあるしな。面倒な役よう引き受けてくれるし。こういういわゆる課外活動？　によう参加してるし」

確かに学園祭実行委員、しかもその委員長なんて役割、よほど奇特な性格でなければ引き受けないだろう。相川にしてみれば、江原も木天蓼とは別の意味で行動原理が理解できない。

「そういうのもあってファンがやたら多いねん」

「平子くんは江原さんのこと詳しいんだね」

「いや、むしろ相川君知らんの？　江原さん結構な有名人やと思てたけど。彼女、有名な学生起業コンテストとかで入賞したんやて。成績も主席やし、うちの入学案内のパンフとかにも載っとるし、テレビとかでも話題のリケジョって取り上げられたんやけどな」

もっとも、リケジョって呼ぶと江原はすごく嫌な顔するんやけどな、と平子は何故か笑って言った。

「え、テレビ、本当に？」

まぁ、江原はあの容姿ならテレビ映えは良さそうだ。それに最近はリケジョ、という言葉が先行して、理系の女子に注目が集まっていることだし。良い悪いはさておき。木天蓼も情報系の理系出身だから、広義で言えばリケジョということになるのだろうが、モデルのような容姿をした江原と、中学生に見間違えられる木天蓼とでは比べてみるとはっきり言って天地の差がある。どちらが地なのかはあえて明言しないけれど。

「同じリケジョでも木天蓼先輩とは大違いだ」

そんな言葉を相川はふと零してしまう。

「何や、木天蓼先輩のほうは知っとるん？　あの人もようテレビでとるな。学会とかでいろいろ賞とかも取っとるんやろ」

「え」

初耳だった。あれだけの変わり者だ。有名人なのだろうという予想はしていたけれど、テレビ出演!?　木天蓼はいつも毛布を羽織って生きてる人間だぞ。しかも転がり回るから、ゴミだらけだ。

「ちょっと待って、あれは映しちゃダメでしょ、テレビ的に」

「え、あれ呼ばわり？　ひどっ」

平子の口ぶりを見る限り、そのテレビ番組はよほど木天蓼のことを好意的に取り上げていたようだ。もしかしたら、再現映像とかしか映さなかったんじゃないだろうか。あんなの映したところで、近所に住んでいる変わり者の中学生に見間違えられるのがオチだ。まぁ、確かに切れ者なのはわかるが、けれどそれだけだ。自己中心的で人のことをまるで物のように扱うし、気にしてるようなことずけずけ言うような人でなしだし、それに今日だって……。

「あ、せやった。うっかりしてたわ」

ぽんと平子は手を叩いた。

「相川君、御形君の件ありがとな、何か相川君がずばっと解決してくれたんやろ?」

「ずばっとって……」

そんな景気のいいことはしていない。

「いや、まぁ御形の写真がねつ造だったのがわかっただけだよ。結局、ステージを壊した真犯人もわからなかったし」

平子は首を捻った。

「え、そうなん? 江原さんはもう犯人もわかったような感じやったけど」

「あれ、おかしいな」

少なくとも昨日の段階ではまだわかってないはずだけど、もしかしたら、何か進展があったのだろうか。後で訊いてみるか。

「お陰かどうかよう知らんけど江原さん昨日に比べて大分ええ表情しとるし。何でも御形くんは江原さんと同回、同学部で結構仲ようて、学外のイベントも御形くんと江原さんが組んでたんや」

　なるほど、それで少し腑に落ちた気が相川はした。単に同じ学園祭実行委員というだけではなく、ただ一人の友人として江原は事件を調査していたのかもしれない。

「せや。もう一つだけ、相川君に言わなあかんと思ってたことがあんねん」

「何？」

「君はその、彼と仲ええんと思うんやけど」

　平子はすれ違うようにして、耳元でささやいた。

「御形君のこと、あんまり信用せんほうがええで」

＊

「動機も揃ってるし、アリバイもない。おまえらがクロで決まりなんだよ」

「何でうちらがやったことになるのよ。因縁つけるのもいい加減にして！」

　というわけで、相川が現場に来て見ればこの有様である。

　江原が気軽に振ってくれた案件だが、大分骨が折れそうだ。何とか両者を宥め、順に話を聞くことにした。

　現代美術研究会は学園祭でこの円弧館二階のラウンジスペースでの展示を予定していた。

「現代美術は、いわば前衛的なアートだ。新しい芸術だ。俺たちは従来の枠に囚われない。漫画みたいなあの商業主義にまみれたコンテンツとは違うんだよ」

　とご高説を説いたのが現代美術研究会で経営学部の涼城だ。涼城は身長一八〇センチくらいの長身で、体つきも良くラグビー部と言われてもおかしくない体躯をしている。体育会系の乱暴な言葉遣いも相まって傍で聞いているとかなりの圧迫感がある。

　涼城に見本として見せてもらった作品は、誰でも見たことがあるような有名な絵画や写真を切り貼りして、一種のフラクタル模様にした物だった。すごいと言われればすごく見えるし、よくわからないと言えば、正直意味がわからない。

　相川は疑問を覚えた。これは本当に新しいのだろうか。そもそも、著作権的にこれは大丈夫なのだろうか。話を聞くと最近の画家の作品のコピーも使っているとのことだった。詳しいわけではないが、素材をそのままコピーして、しかも加工し展示するとなればかなりあやしいところだと思うのだが。

「そんなの、学生だから気にしなくてもいいんだよっ」

　相川が尋ねると、涼城は投げ捨てるように言った。学生だと法を犯してもいいというのは斬新な発想だった。さすが、自分で前衛的というだけあって、なかなか尖っていると相川は思った。ともあれ。

現代美術研究会の展示内容としては絵画が主だということだ。それらの絵画を展示するために、学園祭一週間前から現代美術研究会はこのラウンジスペースで木製のパネルを作成していた。というのも、ラウンジスペースは小教室二つ分くらいの広さがあるのだが、普段はテーブルと椅子だけが配置されており、壁に絵画を展示できるような仕掛けの余地はなく、また現代美術研究会の展示作品数から見てもスペースが足りなかったようだ。そこで、絵を飾るための木製パネルを使い展示用の壁を作ることにし、また値段の都合からそれらを全て自前で作ることにしたらしい。

「結構大変だったんだぜ。でも幸い俺の伝手でいい店が見つかって安い木材を大量に仕入れたんだ。設計はかなりシンプルにした。素人ばっかりだったしな。のこぎりと金槌だけで作ったんだが、結構これが骨が折れた」

パネルの設計図を見せてもらう。白色で化粧板のようにコーティングされた板が一枚、サイズが高さ一・五メートル、横幅が一メートル。ここに絵を飾るようだ。この板が自立できるように、その四方を骨組みされた五センチ角の角材で固定し、下方には脚となる土台を作っていた。脚にも同じ角材を使用した土台の形は奥行き三〇センチ、横幅が一メートル。パネルが後ろ向きに倒れるのを防ぐために両端を斜めに切断した木材が左右に一本ずつつっかえ棒のような形で配置され、そのまま真上から釘打ちされるようになっていた。

「木材は長めのものを頼んで、切断したんだ。その切断が結構大変だった。組み立て終わった後も、より安定性を高めるために土台の部分を一〇キロぐらいの重りで固定したり、隣り合うパネル同士を短い木片を使って固定したりした。これはパネルの見た目の凹凸を減らすためでもあったんだがな。今日は朝早くから活動を開始して、昼過ぎぐらいに一通り終わった後、作業をしていた研究会のメンバー全員で昼飯を同盟館の食堂まで食べに行ったんだが、それでラウンジスペースまで戻ってきたら……」

完成していたはずの木造パネルのほとんどが壊れてしまっていたらしい。

実際に壊れた木製パネルを確認する。パネルの脚になっている土台の部分は重しが置いてあったせいか、大して破損した様子はないが、つっかえ棒のように打ち付けられていた部材は引っ張られて外れていた。おおよそ設計図面通りに作られているようだった。木材の切断面はさすがに素人が切ったというだけあって、ややぎざぎざに波立っていたが。

「ん?」

よく見ると、木材の釘を打ち付けている部分にいくつかひびの入っている物が見つかった。全てというわけではないが、二、三個確認すると一パネルあたり二ヶ所くらいの頻度で。

「………」

「どうだ、何かわかったか？」

「いえ、まだ何も」

相川は涼城に話を続けるよう促した。

彼らはこの風景を見て愕然としたらしい、一体何故このようなことになってしまったのか。

「それで俺たちは結論に至った。これは第三者が隙を狙って破壊したに違いないってな。じゃないと、一〇分の間にこんなに見事にぶっ壊れるわけがねぇ」

確かにそうかもしれないと相川は同意した。けれど、誰が、何のためにそんなことをしたのだろうか。

「そんなの、この漫研に決まってるだろうが」

そう言って、涼城は漫画研究会の瀬里を指さした。

「俺たちが今年からこのラウンジスペースに割り当てられたのが気にくわないんだろうよ。そもそも、去年まではあいつら漫研の割り当てだったからな」

涼城が言うには、スペースの割り当ては年度ごとに変わるものらしい。例年、漫研が利用していた一等地を今年は現代美術研究会が使用することになった、つまりその逆恨みで彼らが犯行に及んだのではないか。それが涼城の考えだった。しかし、展示スペースが変わっただけで、それが犯行の動機になるというのはあまりに飛躍している気がする。

「割り当ては学園祭実行委員会が決める。催し物、希望スペースの事前アンケートと、面談でな。俺が熱心に説明したら、江原委員長はわかってくれたよ。そもそも今まで漫画なんて俗なものが学園祭の中心スペースに陣取ってたのが問題だったんだよ！」

学園祭自体もそもそもかなり俗な物だとは思うが、相川は口を出さないでいた。だが、さんざん言われた漫画研究会のほうも黙っていなかった。

「何よ偉そうに。あんたらのなんか、単なる自己満足じゃない。何が現代芸術よ、前衛的よ！　あんたが作ってるのは別に尖ってるんじゃなくて、単にしょーもないだけじゃないのよ。よく、大学に入ると拗《こじ》らせる人が多いって聞いたけど、その典型よね」

瀬里はまくし立てるように挑発する。

「ああ、何て言った？」

「あんたのは単なる自己満足って言ったのよ。江原さんもこんなのにこの広いスペースを与えるなんて、ほんと焼きが回ったよね。もしかして、あんなかわいい顔して案外美的センスがないいんじゃないの？」

「江原を馬鹿にするんじゃゃねぇ」

「ああ、それはすみませんーっ！　涼城さんは、あの美女委員長にお熱だったんですっけ？」

「てめぇ――」

涼城は今にも瀬里に殴りかかりそうだった。まずい。

「ストップ」

相川は強引に割って入ろうとするが、空振りに終わった。周りを取り囲んでいた他の現代美術研究会と、漫画研究会のメンバーが互いの会長を羽交い締めにするような形で制止していたからだった。

「あ、どうも」

相川が会釈すると、彼らは首を横に振った。

「大丈夫です、こういうの慣れてるんで」

「すみません、うちらの会長がご迷惑をおかけして」

「てか落ち着いてください涼城さん、暴力事件とか起こしたら人生おわりですよ」

「瀬里さん、挑発するのやめてください、子どもじゃないんだから」

まるでアリが運ぶ砂糖のように両者が運ばれ、引き離される。相川は安堵した。両サークルとも、会長以外は比較的冷静なのが唯一の救いだった。

相川は仕切り直すように咳払いをする。

「では、次は漫画研究会にお話を伺ってもよろしいですか？」

「だから、うちらは何にもやってないんだって」

瀬里は顔をむっとさせる。そもそも俎上に載っかっていることが気にくわないという態度だ。まぁ確かにここでは容疑者扱いされている訳だから、いい気分ではないだろう。

「はぁ。まず、お伺いしたいんですが……」

相川は瀬里の格好を撫でるように見つめる。

「何よ、変な目で見ないでくれる？」

瀬里は両腕で自身を抱くようにする。

「いや、その、何故、瀬里さんはそんな格好をしてるんですか？」

相川は尋ねる。瀬里はくるぶしぐらいの長さをしたロングスカートの黒いメイド服を着ていた。相川の持つ一般常識から判断するに、それはとても私服のようには思えなかった。

「ああ、漫画研究会はイラストとか自作漫画の展示をするの。それで今日は本番のリハーサルをしてたのよ。衣装が届いたから試しに着てみたの。後ろの子たちもそう」

「着させられました……」

数名の女性が似たようなメイド服を着て項垂れていた。

「へぇー」

と言って、相川の脳裏に疑問符があふれた。

「すみません、話が全く繋がらないんですが。何故漫画の展示会でメイド服がいるんですか？」

「漫画っていうのは、要は総合エンターテインメント、つまり読者を楽しませなきゃ意味ないの。それが何よりも優先されるの、わかるかしら」

相川は恐る恐る尋ねる。

「話を要約すると……つまりこのメイド服もエンターテインメントだと」

「そういうことよ」

どういうことだ。

正直意味は半分どころか一ミリもわからないが、当人が納得しているのでそれでいいだろう。というか、そもそもこれは本題ではない。

「その試着をしていたら、いきなり涼城たちが乗り込んでき、お前らが犯人だろって」

「なるほど。では、円弧館の二階で現代美術研究会のパネルが破壊された時間帯、漫画研究会は同じ三階で作業していたんですよね」

「ええ。今年は三階の狭い部屋が割り当てになったからね、まぁ今更ぐちぐち言いたいわけじゃないけど」

確かに三階からであれば、一〇分の間に二階の現代美術研究会のパネルを破壊して戻るくらいは容易かもしれない。涼城の言う通り動機も十分あるだろう。

「でも、私たちはやってない。てか、そんなことしてどうなるのよ。それだったら、こいつらの自己満足の塊を当日展示させたほうがよっぽど恥かかせて仕返しになるわ」

小馬鹿にするように瀬里は言う。

「それに、もっと疑わしいやつがいるじゃない」

「疑わしいやつ？　それは誰ですか？」

「御形祐一よ」

瀬里は言った。

相川にとって、それは予想外の人物の名前だった。

「え、御形が？　何でですか」

「何でっていうか、設備が壊されたって時点で思いつかなかった？　同じじゃないの。昨日あいつが、ステージぶっ壊したんでしょ？　学園祭を中止に追い込もうとしてるって噂がたってたらしいじゃない。あいつがやったって考えればつじつまが合うでしょ」

「なるほど」

言われてみれば確かにそうだ。相川の中では昨日の一件は既に一段落したと考えていたので思い浮かばなかったが、瀬里の目線で見れば、関連づけないのがむしろおかしいぐらいかもしれない。

「あの、私も一ついいですか？」

と小さく手を上げたのは現代美術研究会の女子だった。

「一昨日の深夜ぐらいだったと思うけど、円弧館に学園祭中止を訴えるポスターが貼られてたことがあったんです。あれも、もしかしたら御形さんって方が犯人なんじゃないかって噂が流れたことがあって……」

「そんな事件まであったんですか？」

それは完全に初耳だった。

「あなた、実行委員のくせに何にも知らないのね。職務怠慢じゃない？」

瀬里の言葉に相川は何も言い返すことができなかった。

「はぁ、すみません」

臨時の委員であることを伝えたら余計に火に油を注ぎそうだ。

「これだけ、揃ってれば御形が一番怪しいってなるでしょ、違うかしら？」

「確かにそうかもしれませんが、実は」

「それだけは絶対にない」涼城は口を挟んだ。「御形のはずがない！」

相川も続けた。

「実は学園祭実行委員でも調べていて、ステージの事件はえん罪だということがわかったんです。偽造写真だったみたいで」

「え、そうだったの？　じゃあ何、あれガセ？」

相川が頷くと、瀬里は「あ、そ」と苛立つようにため息を吐いた。昨日の今日なので、噂が更新されていないのだろう。もっともこういう物は大抵最初のおもしろおかしい嘘だけが広まって、それに関する真偽は案外伝わりにくいものだ。こればかりは時間が解決してくれるのを待つしかないだろうし、御形も同じような考えだろう。

それにしても、思い返すとやたら円弧館で事件が起こるなと相川は思った。ここは草津キャンパスの中心にある場所だから、もしかしたら学園祭でも多くの団体が使う建物なのかもしれない。昨日の事件は偽造写真という手がかりがあったからまだいいが、今回は……。

ふと、相川はあることを思い出した。

「もしかして、ここ監視カメラが設置されてるんじゃありませんか？」

御形の事件のとき、円弧館のミーティングルーム付近で相川はそれを見ていた。もしかしたら、このラウンジスペースにも設置されているのではないか。相川が周りを見回してみると、すぐに見つかった。確かにやや見づらい位置にあったが、入り口付近、しかもラウンジスペースを一通り見渡せるようなアングルだった。

相川は早速江原に連絡を取った。昨日、彼女は監視カメラを使って犯人を特定したと言っていたし、どうすれば監視カメラの映像を提供してもらえるのかについてはきっと詳しいはずだ。

「わかりました。すぐ届けさせるのでしばらくお待ちください！」

電話越しに江原は言った。

届けさせる？　誰にだろう？

「ほい。持って来たで、監視カメラの動画データ」

しばらくして来たのは学園祭実行委員の平子だった。渡された手提げ袋は思いの外重く、中をのぞいてみると外付けＨＤＤ《ハードディスク》が何台も入っていた。

「何か、最近のはデータで保存されるやつらしい。ａｖｉ形式でパソコンでも見れるゆうてたから大丈夫やと思う」

「でも、結構数あるね」

「うん、何やよーわからへんかったから、円弧館の監視カメラのデータ、ここ二、三日のやつ全部持って来た」

「いや、いくら何でもラフすぎる。てか、ラウンジスペースのやつだけでよかったんだけど……」

データが多すぎると、頭出しの手間があるので面倒だ。

「まぁ、大は小を兼ねるやろ、一応、ここに円弧館に設置されてる監視カメラの位置とカメラ番号の対応表があるから、コレ見れば一発やで。大丈夫、大丈夫」

そう言って、平子は笑いながら去って行ってしまった。手伝ってはくれないらしい。まぁ彼も彼できっと忙しいのだろうと相川は結論づける。

相川は現代芸術研究会のパソコンを借りて、動画を見てみることにした。HDDは全部で四つ、円弧館の階ごとに分かれているらしく、中身を見るとカメラの番号ごとにフォルダ分けされていた。その中の動画ファイルは撮影された時間が名前になっていた。

相川はラウンジルームのカメラ番号を確認し、対応した時間帯の名前をした動画ファイルをダブルクリックした。

「何だこれ」

映像を開くと、そこには木目のある板が映った。それ以外には端のほうに何か椅子か机のようなものが映っているが、ほとんどまともに見えない。もしかして、開く動画を間違えたのだろうか？

「その、すみません」

現代美術研究会の集団に居た女性の一人が口を開いた。

「実は、その位置には大きな看板用のパネルが設置されていたんです。まさか監視カメラがそこにあるとは思わなくて」

「ああ、そういう……」

当てが外れ、相川は項垂れた。この映像さえあれば、全て解決するはずだったのに。

「すみません、本当にすみません」

「いえ、大丈夫ですよ、まだ方法はあります、おそらくは」

相川はカメラ配置図を再度確認する。そして、拳をぐっと握った。この配置ならいける。そして、幸運なことに、必要な動画も全て揃っている。

グッジョブ、平子！

「はぁ、監視カメラが見えないのに、どうやってわかるんだよ」

涼城の声に苛立ちが見える。相川が準備作業している間、いくらか待たせていたので、しびれをきらしたのだろう。相川は涼城に反論する。

「違いますよ、監視カメラが見えないんじゃない、このラウンジスペースのカメラだけ、見えないんです」

「はぁ、そんなのどっちだって一緒だろうが」

「いえ、全く違います。この紙を見てください」

そう言って、相川は監視カメラの配置図を示した。

「現代美術研究会のこの展示スペースに移動するためには、エレベータを使うルート、表の階段を使うルート、裏の階段を使うルートがあります。そして、どの位置にもちゃんと監視カメラが設置されていました。なので、その動画を確認すればいいんです。そうすれば犯人、とまではいいきれませんが、かなり有力な容疑者を絞り込むことができます」

「ちょっと待ってよ」

瀬里が異を唱えた。

「そのカメラに映っていたからといって、ラウンジスペースに行ったとは限らないんじゃないの？　円弧館の二階は他の部屋にもアクセスがしやすいでしょ」

「何だ、証拠が出てきてびびってんのか？」

涼城が挑発する。

「違うわよ。ただうちらも近くの階段は利用してるし、えん罪をつけられたらたまんないっていってんのよ」

相川は割って入る。

「ええ、瀬里さんのおっしゃる通りです。だから、ちゃんとその人が通過しているかを見ればいいんですよ」

そう言って、相川は何本かの線を引いた。それは、ヒトの動線を表した物だった。

「つまり、監視カメラのデータを見て、このカメラのうち二つに映り込んでいる人は通過のためにに利用したってことになるので白、逆に一台のカメラにしか映っていない人、もしくは二つに映り込んでいてもある程度時間差がある人は黒、つまり容疑者になります」

　おおと、一同から小さな歓声が上がる。

「その時間差はどのくらいにするつもりだ？」

　相川は指を立てる。

「とりあえず、一分に設定するつもりです」

　監視カメラの映像には、カメラが撮影した映像に加えて、撮影した時刻も記録されている。それを見ながら、各カメラの間を通過した時間を比較的簡単に計算できるはずだと相川は踏んでいた。

「短すぎないか？　そんなんでパネルを全部を壊すことは可能なのかよ」

「この際、それは置いておきます、あくまで容疑者を探すのが目的なので」

　相川の見積もりではこれで十分のはずだった。再びカメラ番号を確認し、該当しているＨＤＤをパソコンに接続する。まずは表の階段に設置されていたカメラの動画を確認することにした。

「…………」

　そして絶句した。

「まさかこれ、全部一人ずつ確認するつもりじゃないでしょうね？」

瀬里は尋ねる。

相川は頭を抱えた。その映像には一〇分間だけでも、ざっと一〇〇人以上の通行人が居た。うっかりしていた、この大学はやたら学生の数が多い上に、今は学園祭の準備期間中なのだ。しかも昼時となれば、そこの通行人の数は膨大になる。これを人手で確認していくのは、もちろん、不可能ではないのだろうが、かなり骨が折れるだろう。また、それ以上にこれだけ多くの対応付けをすれば、人為的なミスが発生しかねない。

「ふざけんなよ、こんなの言い出したのはお前だからな、ちゃんと責任をとれよ」

涼城は相川を怒鳴りつける。

どう対応するのがベストだろうか。頭をフル回転させながらも、実は相川の脳裏でその答えが出ていた。しかし、酷く気が進まない。切り出したら、何て言われるのだろうか。想像するだけでもおぞましい。そもそもその判断を安易にしてしまっていいのだろうか。人として。

相川は葛藤していた。

不意に胸ポケットに入れた携帯が振動した。

いつもとは揺れのパターンが少し違う。何の通知だろうか。

携帯のロックを解除した瞬間、相川は固まった。

通知のウィンドウには『マミログ』という名のウィンドウが開き、そこにメッセージが表示されていた。

『さくらくん、生協でNINJA買ってきて、紫缶でよろ　by木天蓼』

＊

エレベーターの扉が閉じる。しかし、駆け込んで来る影が見えたので、とっさに「開」のボタンを押す。入ってきたのはロボットだった。

「…………」

木天蓼自作のロボット。たしか、「りっちゃん」と木天蓼は呼んでいただろうか。

エレベータでロボットと二人きりになる。

何か、気まずい。

いやいや、よく考えろ、こいつはそもそもロボットなので、別に気を遣う必要はないだろ。けど、そうとわかっていても何故か居心地の悪さを感じるというか。そもそもこいつはどういう理屈で動いているのだろうか。少なくとも隣の連鎖館までの場所は覚えてるってことだよな。例えばカーナビみたいにGPSで自分の位置を推定して、地図情報と経路情報を登録しているのだろうか。だとしても、人や障害物を認識しながら躱さなければならないはずだ。

よく見るとりっちゃんの顔の部分についている眼のようなところの片目がカメラになっており、前方を見渡せるように取り付けられていた。


——以前木天蓼が実験で使った物と同じタイプらしい——なっており、前方を見渡せるように取り付けられていた。


けらしい。たった、カメラ一つでここまでうまく動くのか。相川は感心していた。

以前に会ったときはお盆を搭載していたが、今は抱えていないところを見ると、お盆を返してきた帰りというところか。そうかこいつも一仕事してきたのか。

相川はそのとき確信した。この妙な居心地の悪さの正体を。

——僕、ロボットと同列の扱いされてる。

＊

「あ、さくらくん。思ったより早かったね、誰にでもできる仕事だからまぁ当たり前と言えば当たり前だけれどね、おつかれ……おお、りっちゃん、おかえりー、お盆片付けてくれてすごくありがとう！　ほんと、えらいね！　りっちゃんは私の親友だよ」

「…………」

同列じゃなかった。むしろ圧倒的に下位だった。どうしよう、言いたいことがいくつもありすぎる。

「まず……何ですか、携帯に入ってたあれは……あんなアプリ、僕入れた記憶全然ないんですけど……」

「私手製のスマホ用アプリだよ、この前作ったの」

犯人である木天蓼はあっさりと自供した。

「こんなのいつ入れたんですか!?」

「この前、さくらくんがトイレに行ってた時に入れといてあげた。さくらくん、スマホを脱いだジャケットのポケットに突っ込んだままで、しかもスマホがポケットから大分はみ出してるんだもん。簡単に見つけられたよ」

相川は思い返す。そういえば、以前相川の胸ポケットに入れていた携帯に言及していたことがあった。思えば、あのときから彼女は目を付けていたのかもしれない。

「……あの、セキュリティロックをかけてたはずですが」

「あれなら、この前さくらくんがスマホ操作するのを見て覚えたよ。所謂ソーシャルハッキングってやつ。こんなのそこら辺のサギ師だってできるテクニックだよ。あ、別に気にしなくていいよ、お代はいらないから、サービスサービス」

「そんな前向きな心配してませんから！　てか、何が目的ですか。メッセージ送るだけならメールとかメッセンジャーとか、他にもいろいろあるじゃないですか！」

「いやいや、それだけだとあんまり使い勝手良くないじゃない。私の『マミログ』はインストールされると、GPSを使ってさくらくんの位置情報とかを送れるようにしてるんだよ」

　ほとんど犯罪だった。どこに行った僕の人権は。

「木天蓼先輩、プライバシーっていう言葉知ってます？」

「もちろん知ってるよ、あの、職場でおやじ上司からのセクハラ気味な質問を回避するための建前のことでしょ」

「何故にOL目線!?」

　ピンポイント過ぎる。

「あとこのアプリ、今日アップデートしたから、私がメッセージを送ってから一分以内に返答しないと、マナーモードにしても強制的に最大音量でビープ音を鳴らすようにしてるの。既読無視どころか未読無視も防止できるよー、すごくない？」

「もう、ただのテロだ！　てか、いい加減にしてください！　僕は別に先輩のパシリじゃないんですけど」

　不服だと言わんばかりに木天蓼は反論する。

「別に、さくらくんのことをパシリだと思ってるわけじゃないよ。位置情報見たら、円弧館に居たから、これは近いなって思って。別にさくらくんじゃなくても誰でもよかったの、それは誤解しないで」

それはそれで酷い言われようだった。相川じゃなきゃだめだと言った江原とは大違いだ。

「ていうかもう一つ、何ですかこのＮＩＮＪＡって飲み物、ＮＩＮＪＡっていう名前以外は謎の国の言葉がたくさん書いてありますし、飲み物なのに名前がＮＩＮＪＡっていうのが怪しすぎますし、しかも値段三〇〇円もしてやたら高いし、ってかがっつり缶に髑髏描いてあるんですけど飲み物なのに！」

「健康にいいエナジードリンクだよ」

木天蓼はさらっと答えた。

「いや、違いますよね、絶対に違いますよね、健康に悪いというか、むしろダイレクトに寿命削るレベルでやばそうな雰囲気がびんびんに伝わってくるんですけど、てかさっきからこいつ変な刺激臭、てか腐臭？　みたいのがしてるんですけど、何なんですかこれ！　何の臭い？　開けてすらいないのに！　アルミを貫通してくる臭いってどういう理屈なんですかっ？」

「さくらくん、いくら何でも過敏に反応しすぎ。君もジャパニーズニンジャになれるっていうＣＭで有名なちゃんとした国産の飲み物だよ」

「僕、そんな怪しさ加減が飽和《サチ》ってるＣＭ一度も見たことないですけど……」

木天蓼がプルタブを開けると、まるで突風のような圧力が顔を覆った。相川は思わず鼻を摘まむが、間に合わず強烈な嘔吐感に襲われ嗚咽する。

「くさっ。これはもしや、あのあまりの危険さ故、航空機への持ち込みもできないというスウェーデン発祥の食べれるテロ兵器、シュールストレミングじゃ……」

「ううん、ただのエナジードリンクだよー」

「飲み物の、もといい人が口に含んでいいものの臭いじゃないですよ、これ！」

口元を押さえながら相川は訴える。

木天蓼は三五〇ミリリットルはあろうその飲み物を一気に飲み干した。

「常軌を逸している……」

ただ単にどん引きだった。

「ぷはー。よし、目が覚めた」

木天蓼は寝ぼけ眼でそう言った。

全然目が覚めているように見えなかった。というかむしろ眠そうだ。全く変化がない。何だ、この茶番。

と言いつつ、相川が地味に一番引いてるのが、周囲に座っていた研究室の学生たちがさしてそれに反応していないことだ。リアクションをしていたのは相川だけだった。

実は研究室端においてあるゴミ箱に、さっきの飲み物らしき空き缶が大量に入れてあるのが視界の端に引っかかっていた。最初見たときは別段気になっていなかったのだけれど正体がわかれば別だ。何であんなことになっているのか。一人であれくらい飲んでいるとは考えられないし、もしかして、みんなこんな不健康そうな飲み物を摂取してるのだろうか。いくら活動的になれるからと言って、一体、何に追い詰められているんだ、彼らは。

「で、さくらくん。次は私に何を頼むつもりなのかな？」

「え」

「ここに来たとき明らかに挙動不審だったしね。そんなの言わなくてもすぐわかるよ。私とさくらくんの仲じゃない」

その仲はほとんど他人だった。というか昨日会ったばかりだ。

相川は、自分が臨時の学園祭実行委員になったこと、そして事件に遭遇し、解決を木天蓼に手伝って欲しいことを正直に伝えた。

「さくらくんは本当にすごく面白いね」

と今度はまた小馬鹿にしたような目線を投げた。

「仕方ないじゃないですか、なりゆきだったんだから」

「普通の人はなりゆきでは事件に巻き込まれないんだよー、覚えておいてね」

木天蓼に普通の人のあり方を説かれるのは屈辱以外の何ものでもなかった。

その後、「本当に、さくらくんは先輩使いが荒いなぁー、何かこき使われてる感じがするなぁー、全然敬意感じないなぁー」と散々文句を言われたが、何とか頼み込み手伝ってもらえることになった。

相川は事件のあらましと、自分が今行おうとしている方法について説明する。できる限り、自分の考えが入り込まないように客観的に、淡々と事実だけを述べる。

それを聞いてしばらく、うんうん唸ると木天蓼はこう切り出した。

「あのさ、こう言うのも何だけれど」

「何ですか？」

「さくらくん、もう大体真相わかってるよね？」

鼓動が跳ねた。

「何故、そう思われるんですか？」

相川は尋ね返す。

「一つはさくらくんの話し方、もう一つ、決定的だったのはさくらくんが提案した解決手法だよ。ラウンジスペース付近を通過した人を確認することで、容疑者を絞るっていうやつ。あの手法が本当に有用な場合は、おそらく一つ。さくらくんはそこまで既に見通してるよね」

相川は思わず苦笑した。この人にはどこまでも隠しごとが通じない。

「ただの可能性の問題です。彼らの話を聞いて、その確率が高いかなと……根拠はいくつかあるんですが、証拠がありません」

「いやまぁそれは仕方がないと思うんだけどさ、すごくアンフェアだよね。何で、わからないふりをして私に説明するのかな、私に隠しごとするの、寂しいなぁー」

棒読みで木天蓼は言う。

「これはあくまで僕の思い込みかもしれないので、下手な先入観を与えてしまってはいけないかなと思って」

木天蓼は頬を膨らませた。

「何だよ、信用ないなー。さくらくんごときの浅はかな先入観に私は影響されたりしないよ」

「……それは何よりです。で、実際できそうですか？」

相川の提案とはコンピュータビジョンの機能で顔認識をし、三つのカメラ画像に同一人物が映っているのかどうかを検知することだった。これにより、ただラウンジルームの周辺を通過しただけなのか、もしくはラウンジルームに立ち寄った可能性があるのかを判定することができる。これは長谷川の発表を聞いていたからこそ、思いついたやり方だった。長谷川が研究室に居た場合、彼に頼むのも一つの手だと考えていたが、見渡す限り姿は見えず、残念なことに彼は不在のようだった。

「うん、まぁできると思うよ」

木天蓼はあっさり言った。

「これを実現するにはまず、まず画像の中から人を検知する機能（Detection）、一度検知した人を追従する機能（Tracking）、そしてその個人を認識する機能（Recognition）を実装する必要があるだろうね」

木天蓼はそう言って、指を三本立てた。

「そうは言っても、今日のミーティングで木天蓼先輩も言ってましたけど、一〇〇％検知するのって難しいんですよね。本当に大丈夫なんですか？」

「そうだね、でも」

木天蓼は指を振った。

「この場合、認識率を一〇〇％にする必要は、全然ないんだよねー」

「どういうことですか？」

「だって、私ら使うほうが合っているかどうかちゃんと確認すればいいんだもん。こういうシステムを考える上で大事なのは、それを実際使う人がどういうふうに絡むのかっていうところだよ。じゃないとどんなに優秀で、画期的なシステムもただのがらくたになり得るからね」

言っていることはわかるのだが、言いたいことがよくわからない。そんな相川の考えが顔に出ていたのか、木天蓼は相川の顔を見て言った。

「じゃあ、ものわかりの悪いさくらくんのためにやさしい先輩が順を追って説明してあげよう。まず、さくらくんは人物の顔検出ってどうやってやるか知ってる？」

不意の質問に戸惑う。相川の受講した講義では扱わなかった内容だ。自分の知っている知識をフル回転させ、何とか思いついた答えを返してみる。

「顔の切り抜きの画像をメモリか何かにデータベースみたいに蓄えてマッチングするんですか？　背景差分法の時に各画素の差を見て画像の違いを判断する、みたいな話があったと思うんですけど、それで」

「ぶー」

木天蓼は腕で×の字を作る。

「そんなのじゃ、全然人認識なんてできないよ。大体一個一個マッチングしてたら日が暮れちゃうよ、大外れも大外れ、さくらくんセンスないんじゃない？」

まぁ、素人考えだから、そうは当たるまいとは思っていたが、ここまで馬鹿にされると屈辱的だ。

「そんなこと言われても、そんな最新の技術なんてわかるわけないじゃないですか」

「それも間違い。顔画像検出は大昔に確立された技術だよ。今主に使われている技術のベースとなっているものは一九九〇年代から二〇〇〇年代前半にかけて研究されてたの」

「へぇ、そうだったんですか。思ったより昔なんですね、さすがに大昔っていうのは言い過ぎだと思いますけど」

「コンピュータビジョン系だと一年周期ぐらいで結構トレンドが入れ替わってるから、十年前じゃもう大昔だよ。もう、最近のトップカンファレンスだと、単なる人の顔認識だけで発表してる人ほとんど居ないんじゃないかな」

トップカンファレンスというのは、言葉の意味から推測するにおそらく学会の中でもメジャーな会議という意味だろう。そこのテーマに挙がらないということは、少なくとも研究の題材として、めぼしいところはやり尽くされてしまっているということだろう。

「そういうもんなんですか」

「そういうもん。コンピュータビジョンって、カメラとパソコンさえあれば誰でもできるからね。カメラはウェブカメラ、パソコンもマルチコアで高性能化してきてるから、最近は結構簡単に研究開発できるようになってきてるし。えーと、話がちょっと逸れちゃったね。答えから言うと顔検出のコアの技術は機械学習だよ」

「機械学習？　確か松木さんがそんな研究をしてるって言ってたような」

「うん、そうだね。松木さんはもっとガチな機械学習屋さんなんだけどね。えーと簡単に理屈を言うと、大量の画像、例えば顔認識だったら顔画像とそうじゃない画像を集めて、そこから特徴を学習させるの。これを人間側からシステムに答えを教えてあげる機械学習、っていう意味で『教師あり学習』って呼ぶの。この学習させたデータを使って、実際の画像中に顔があるかどうかを判定させるんだよ」

人間が答えを教えることで、賢くなるシステムということか。

「いわゆる人工知能みたいなものですか？」

相川は訊いた。

「まぁ、そうとも言えなくないけど、別に顔検出はファジィな判断してるわけじゃなくて、ある決まった規則に基づいて厳密に検出してるだけだから、それだけの仕組みを人工知能って呼ぶのはちょっと抵抗あるね」

相川にはいまいち厳密な意味がわからなかった。木天蓼は続ける。

「よく使われている手法で言うと、Haar-Like特徴量をブースティングで学習させるパターンかな。まぁ、詳しいこと説明してもどうせわからないだろうから、気になるようだったら、論文でも調べておいて。簡単に言うと、九〇%の確度で正解する識別器一つを使うんじゃなくて、六〇%くらいの検出率を持った識別器をいくつも使うことで、より精度の高い識別をするシステムなんだよ」

「え、たった六〇%でいいんですか？」

「うん、そう。まぁ譬えるならあるクイズ大会に一人の秀才を連れてくるよりも、様々な分野に長けたそこそこの人をたくさん集めたほうが、正解率あがるみたいな」

木天蓼はあまりにざっくりとした譬えを上げた。

「何か、わかるような、わからないような」

「まぁ、これは大分雑な比喩だからね」

あくまでイメージとして捉えるだけにしておいて、と木天蓼は断りを入れた。

「選挙とかと似てますね、一人の頭がいい人だけが決めるんじゃなくて、大勢の人で決めるってところが、何となくですけど。そう考えると選挙が合理的なシステムに思えますし」

「うん、まぁそうだね、その捉え方は厳密じゃないけど、まぁさくらくんにしては上出来かも。でも一つ、このブースティングにかかわらず、教師ありの機械学習にはちゃんと動くための大前提がある」

「どういうものですか？」

「『教師は正しいことを教えなければならない』。要は誤ったことを教える教師の下では機械学習はうまくいかないんだよ、まぁ当たり前のことなのだけれどね」

「教師は正しいことを教えなければならない」

相川はその言葉をオウム返しした。

木天蓼がその言葉に機械学習のことではなく、別の意図を込めていたように感じたのは自分の考えすぎだろうか。

しばらく、木天蓼はペンを走らせると、ノートの上に壮大なアルゴリズムフローを書き終えた。

「よし、書き終わった。ざっくりだけど、大体こんな感じで作れば大丈夫かな」

「木天蓼先輩すごいですね……」

「ううん、こんなの全然すごくない。最近は、ライブラリも充実してるからね。理論を把握してそこそこのプログラミング経験さえあれば、すぐに作れるよ」

木天蓼はしれっと言うが、周りの学生がそれを聞いていたのか、首をぶんぶんと横に振っていた。おそらく、これだけ早く作れるのは彼女のプログラミング能力ありきなのだろう。

「私のプログラミングなんて、単に修士の子とかよりは少し経験積んでるだけ。でも、一介の博士学生の私がすぐ作れるってことは、世界中見ればそれ以上がすごく居るってことだよ。私らの研究成果が発表されるのはそういう場所なんだよ。だって、私たちの戦場はそういうところだから」

「戦場って、そんな別に研究って闘うわけじゃないですよね」

「ううん。闘いだよ、紛れもない」

木天蓼は強く言った。

「学生の中だけで争って何かを勝ち取ったとしてもその順位の意味ってある？　老人たちに見下されてお膳立てされた温水プールで闘って、勝って、それって何になるのかな。だからそんな自分の居場所に気づかない子は、気づいてもそのぬるま湯の中から出ようって思わない子は齢二〇になってもまだプールの中なんだよ。海で闘うことを彼らは知らない」

まぁ、一介の学生の私がそんな偉そうな口を叩く資格があるかは疑問だけど。そんなふうに木天蓼は付け加えた。

「まぁ、でもそれを教えてあげるのが私の仕事の一つだからね。あの子らがこれから相手にするのは世界なんだから」

「世界と闘う……何だかすごいですね」

「もちろん、さくらくんもだよ。研究するんでしょ？」

木天蓼は人差し指の銃口を相川に突きつけると、非実在性の銃のトリガーを引いた。

「覚悟しといてね」

相川は胸を押さえた。

「僕も、ちゃんと闘えますかね？」

「そんなこと、私は知らん。それができないなら、早々に研究を辞めるのも大学を辞めるのも選択肢だと思うし。人の生き方は人それぞれだし」

「うわ、ドライですね」

「そうかな。ここは一周回って優しいって言って欲しいな」

「何でですか?」相川は訊いた。

「だって」木天蓼は言った。「だってそれが、私の一番好きな言葉だから」

「え、今何て」

「さて、さくらくん」木天蓼はその問いに答えず続けた。「私はこれからプログラム作成を開始するのだけれど、さすがに一人で作るとなるとすごく時間がかかりすぎるんだよねー、だから」

「え、もしかして、僕が手伝うんですか、無理、無理ですよ」

　相川は後ずさる。木天蓼に会ってから、すっかり自分のプログラミング能力に自信を失っていた。

「何言ってるの? まだ研究室にも入ってない、まともな画像処理のプログラミング経験もないさくらくんに手伝ってもらっても意味ない、っていうかむしろ邪魔以外の何者でもないよ、消えてよ」

　酷い言われようだった。

「いや、まぁそのおっしゃる通りなんですけど、てか消えてよは余計じゃ」

「しっ」

木天蓼は右の人差し指を自分の唇に当てた。そして左の人差し指で強引に相川の口を塞ぐ。

「ん、わんでふは、ほれ？」

「静かにしてよ、聞こえないから」

しばらくすると、何か唸るような音が聞こえてきた。これは、救急車のサイレン？

グラウンドで誰か学生が倒れたのだろうか。

しかし、その音は弱まることなく、次第に大きさを増していく。

ふいに扉が開いた。音が弾けた。相川は思わず、両耳を塞いだ。

「またたびさん！」

「よく来たね、長谷川くん！　いやー、待ってたよ」

長谷川は汗だくで駆け込んで来た。そして、片方の耳を押さえながらスマホを突き出すと、

「その、すみませんでした、あの、何でもいいんで早くこの音消してくださいー」

彼もマミログを入れられた被害者だったらしい。あれはメッセージを一定時間見ないと警報が鳴る『未読無視』機能か。鳴っていたのはビープ音ではなくサイレン音でかつほとんど騒音だったけれど。

「これに懲りたら、先輩のメッセージは無視しちゃだめだよ、わかった？」

「……はい」

長谷川は力なく返事する。

「あの会議の後いろいろ考えてみたんですけど、俺」

「さて、長谷川くんを呼んだのは他でもないの」

長谷川の言葉に割り込むように、木天蓼は話を切り出す。

「私だけじゃ無理だから、君の力が必要なんだよ」

「え」

「今、私は難しい問題を抱えている。けれど、この問題には君の研究が役に立つ」

彼女は手を差し出した。

「都合のいい話かもしれないけれど」

長谷川はしばらく呆けていたけれど、何かを振り払うように、首を横にぶんと振ると木天蓼の手を力強く掴んだ。

「はい、お願いします。またたび先輩！」

＊

結論から言うと、その後あっさりパネルを破壊した犯人は判明した。

「で、誰なんだよ犯人は」

例のごとく、掴みかかるような勢いで涼城は怒鳴りつけてくる。

「重力です」

相川の言葉に、両サークル陣とも呆けた。

円弧館の特徴はガラス張りの壁で、昼の光をたっぷり取り込むそれは、建物の奥まで日差しを届けるが、日が落ち、既に明かりは天井の蛍光灯だけになっていた。

涼城は肩を振るわせた。

「何言ってんだ、こんなに待たせといた上で、馬鹿にしてるのか？」

「いえ、本気です。ご存じありませんか？　世の中の物体には全て重力が働いています。例えばニュートンは木から落ちるリンゴを見て万有引力を思いついた、なんて話があって、まぁあれ自体はほとんど作り話らしいんですが、地球上の質量のある物体には常時重力加速度九・八m/s^2がかかっているわけで」

「そんな専門的なことを言われてもわからねぇよ」

涼城は怒鳴り声を上げる。

「すみません、たかだか高校物理の初歩レベルの常識なので、ちょっと難しすぎましたかね」

相川の小馬鹿にするような物言いに涼城はあからさまに機嫌を悪くしていた。

「物理を選択してなかったんだよ、悪ぃかよ」

「ではもう一つ。力のモーメントというのはご存じでしょうか？　物体の回転運動を表現する際によく用いられるのですが？」

「だから、物理は選択してないっていってんだろうが！」

「あれ？」

相川は首を傾げて見せた。

「これは義務教育の中学理科ですよ。あ、もしかして日本の中学校を卒業されてませんでした？　それなら、申し訳ありません」

涼城は目に見えるくらいかぁっと顔を赤くした。

「馬鹿にするのもいい加減にしろよ！　これだから理系オタクは嫌いなんだ。別にそれがどうした、知らないことぐらい誰にだってあるだろ！」

「ええ、確かにそうですね。知らないことの善し悪しは別として、それは罪ではありません。でも」相川は声の調子を変えて言った。「自分の無知を自覚せずに、棚に上げて周りを振り回すのは最悪だ――パネルを壊した張本人はあんただよ、涼城さん」

静まりかえり、視線が涼城に向かった。

その視線に一瞬涼城はたじろぐが、

「前言っただろうが！　俺は壊れた時間帯に、現代美術研究会のメンバーで食堂に行ってんだよ。それにこのパネルはうちらが作ったんだぞ、それをわざわざ自分で壊す馬鹿が居るかよ！　俺が犯人なわけないだろうが」

　そう言って、再び居直った。

「ええ、全て伺っていますよ。その上で僕はパネルが壊れたのはあなたのせいだと言ってるんです。あなたの設計不備のせいだと」

「設計不備……？」

　相川は頷く。涼城はまだ納得がいっていないようで、反論を続ける。

「そもそも、あの監視カメラの映像はどうしたんだよ、ちゃんと確認したのか？」

「はい確認しました。すぐに結果がでましたよ。パネルが壊れた時間帯に、このラウンジスペースに侵入した人は誰一人として居ないことを」

「何だと」

　木天蓼たちが作ったプログラムは監視カメラが撮影した動画から人を検出し、その検出した顔が他のカメラ動画から検出した顔と一致していないか、調べるプログラムだった。プログラムが誤検出したものや、人と認識できなかった人物も居たが、それは人手で確認をした。大半はプログラムがしっかりと認識してくれていたので、相川が確認した人物は数人だけで済んだ。

「その場合、何故壊れたのか、という話になります。一つは人が実は隠れていたか、もう一つはトリックを使ったかのいずれかです。前者は涼城さんが確認して、居なかったと断言されています。トリックについては、パネルを確認しましたけどそれらしい形跡は見当たりませんでした」

「パネルは崩れないように、ちゃんと隣同士で繋いであったんじゃないの？」

漫画研究会の瀬里が尋ねた。

「足下が不安定なのに不安定なもの同士のパネルで支え合っても意味がないどころか、むしろ逆効果です。こんな状況でパネルが一枚でも倒れたりしたら、それぞれに引っ張られて数珠つなぎに全部壊れて倒れます」

相川は手振りを加えて説明する。

「足下はちゃんと重りを置いて固定したはずだ」

涼城の反論に相川はすぐ言葉を返す。

「あんなの無意味ですよ。あのパネルの構造で一番考えられてなかったのが、さっきお話しした力のモーメントですよ。木の棒の端っこを釘で固定した場合、釘の部分に集中的に力が加わります。確かパネルを斜めから支え棒になるように木材を配置して、その木材の切り口を斜めに切って土台の部分に上から釘を打ち付けていたんですよね」

「ああ、どこに問題があるんだよ。シンプルな設計だろうが」

「その場合、力のモーメントを考えると木製パネルの部分が前側に倒れそうになったとき、釘が抜けるような方向に力が加わるんです。だから、この構造だと木製パネルの自重だけでいとも簡単に崩壊するんですよ」

「ああ？　んなわけねぇだろ、構造上前には倒れないようにしたはずだ！」

「それは設計通り、だったらですよね。でも、実際に作ったのは学生です。しかも素人、工具はただののこぎりと金槌だけ、木材をメジャーで測るときも計測誤差がのりますし、当然切断した木材の長さにも誤差がのります。その上で組み立てるので、絶対に理想通りの形にはならないんですよ」

誤差解析の講義はR大の理系の学部では二回生向け授業で必修だった。だから、当然相川も誤差を見積もる重要性を知っている。人の作業は大なり小なり必ず誤差が生じる。物を作る際にはどの程度誤差が生じるのかを計算し、それを許容できるよう設計する必要がある。たとえどんな職人が作る場合でも当然のことだ。しかも今回作業するのはど素人の学生だった。大きな誤差が出るはずだった。けれど、そのやるべきことを彼らは完全に省いてしまった。

「確かに自分たちでやれば安上がりかもしれませんけど、その分ちゃんと事前に調べてパネルの構造を作らないとだめですよ。今回は完全な設計ミスが原因です。納得がいかないいなら、実際にもう一度パネルを組み立てて、試してみますか？　すぐにわかると思いますけど」

「…………ッ」

「だから、おかしいって言ったんだよ」

　現代美術研究会のほうから声が上がった。

「パネルが歪んでる気がするって俺ら言ったよな？　すぐに釘が抜けるって話もお前に伝えたはずだぞ！」

「え、そうだったんですか？」

　相川は驚いた。初耳だった。そうか、確かに相川の仮説が正しければ、組み立てている最中にわかりそうなものだ。

「なのに涼城が他のやつの意見聞かねぇで、漫研のせいだって騒ぎ出しやがって。どうせ、こんなことだろうと思ってたんだよ」

　男はそう続ける。

「なんだよ、俺だけが悪いっていうのかよ！」

　涼城は甲走った声を出す。

「そう言ってるんだよ、聞こえなかったのか⁉　お前みたいな能なしの目立ちたがりが仕切ったから、こうなったんだろうが！　どうせ、あの美女委員長にいい格好したいがためにはりきってたんだろ？　面談のときも鼻の下伸ばしてたもんな！」

　男はあからさまに挑発した。

「んだと」

涼城も受けて立つとばかりに食ってかかり、詰め寄る。

「あ、ちょっとやめ……」

一触即発の雰囲気に、相川は慌てて仲裁に入る。

「この際だから言ってやるよ。そもそも何なんだよ現代美術ってさぁ。もともとただの絵画研究会だったのにお前全然芸術詳しくねぇくせして、わけわかんないサークル名に勝手に変えやがってよ。俺たちはただ絵を描きたかっただけなんだよ。なのにお前は自分が絵を描けねぇからって、他人の作品を切り貼りして、前衛的な芸術とかわけわかんねぇことを言い出しやがって。あんなのただの子どもの遊びも同然だろうが。何が芸術だ、一緒にするんじゃねぇ！」

「な……」

男の吐露に涼城は絶句した。そして振り返るように現代美術研究会のメンバーを見回すと、彼らは皆顔を伏せた。それは沈黙の肯定だった。

「もういい加減、俺たちはお前に振り回されるのはうんざりなんだよ！」

「ああ、わかったよ。俺はもう何もやらねぇ、てめぇらで好きかってすればいいだろうが！」

そう言って、涼城は出て行ってしまった。

騒然としていた。一体何がどのように落ち着いたのか、そして何をすれば良いのか、誰も見当が付いていないようだった。しかし、しばらくして巻き込まれた側である漫画研究会が散り散りにその場を去って行った。

「相川くんって言ったっけ？　ありがとね」

去り際に瀬里は耳打ちするように言った。

「いいえ、漫画研究会の濡れ衣を晴らせてよかったです」

そう相川が答えると、瀬里は首を横に振った。

「ちがうわよ、すかっとさせてくれて、ありがとう、って言ったの」

「え」

「現代美術研究会、特に会長の涼城は何故か漫研を目の敵にしてつっかかってきて鬱陶しかったのよ。でも、君が言いくるめてくれたからすかっとしたわ。何かお礼しないとね」

「いいえ、僕は別に」

決して謙遜ではなかった。相川はこう続けたかったのだ。そんなことのために、そんなくだらないことのためにこの事件を解決したわけではないのに。

背後では現代美術研究会の面々の話し声が聞こえた。

「パネル展、もう無理そうですね」「そりゃそうだろ、このおんぼろパネル組み立てたって倒れちまうし、新しい木材発注しようにももう間に合わないし……」「涼城も居なくなったし、うちも解散かな」

　事件を解決した。もめごともしっかり解消した。だから、相川の仕事としては、十分達成したはずなのだ。けれど、このままで本当にいいのだろうか。相川は自問した。

「何か紙をもらえますか？」

　そう言って、瀬里からスケッチブックを借りると相川はペンを走らせた。

　――いいわけ、ないだろうが。

　そして、現代美術研究会のほうへ行ってそれを見せつけた。

「皆さん、聞いてください。こうやって交差するように骨組みを配置すれば、ある程度木材の寸法がずれていても問題なく組み立てられますよ。それにこの設計なら、今ある木材をそのまま使って組み立てられるはずです」

　相川は図を描き加えながら説明するが、あからさまに彼らは戸惑っていた。まだ、伝わっていないのだろうか。

「あ、わかりにくかったですかね。じゃあこの壊れたパネルの部品を使っていいですか？」

　そう言って、相川は金槌一本でそれを組み立て始めた。

「ほら、骨が交差するような設計にすると、こういうふうに接合時にずらせるんです。それに釘が抜ける方向に直接力が加わらないようにしているので、少なくとも自重で倒れるようなことはないはずですよ。結構簡単に組み立てられます。たぶんがんばれば今日中には……えーと、すみません。沈黙が痛いんですが、僕、何か変なこと言いましたか？」

「お前、何で、そこまでしてくれるんだよ？」

中の一人が言った。

「えーと」

しばらく思案して、しかし相川はこう答えた。

「理由は、特にないです。というか、いりますか、理由？」

＊

終わった頃には、時計は五時を回っていた。もちろん深夜を既にまわり、明け方の、である。見積もりが甘かった。というのも数時間作業を進めるうちに、がくっとメンバーの作業スピードが落ちた。当然と言えば当然だった。現代美術研究会のメンバーは朝からパネル作りの作業を進めていたのだから。

相川は一度画像情報研究室に戻った。昼のミーティングのときに、鞄を置いたままだったからだ。部屋の前では引き戸ののぞき窓から明かりが漏れていた。

まだ、誰か居るのだろうか。

室内では木天蓼が机に突っ伏したまま寝ていた。その机には、相川が持って来た監視カメラの動画データが保存されたＨＤＤが散乱している。

結局また、木天蓼の力に頼り切ってしまった。自分も人のことを言えない。いや、それ以上に、今日は思い知らされてしまった。

今思い出してみれば、その日、木天蓼はあのマミログというソフトの『未読無視』機能をアップデートしたと言っていた。長谷川を呼び出すときも、あの機能を使っていた。もしかして、ミーティングの後に研究室を出て行ってしまった彼のことを心配していたのではないだろうか。彼女は長谷川と一緒に二、三時間でプログラムを作ってしまったのだけれど、終わった後の彼の話によると、結局、ほとんど一人でプログラムを書いてしまったらしかった。

「ほんと、化け物ですよあの人」

と長谷川は苦笑していたが、何かから解放されたような明るい顔をしていた。むちゃくちゃしているように見えて、何も考えていないわけじゃない。たぶん、あれが木天蓼なりの気の遣い方なのだろう。かなり不器用なやり方のように感じるけれど、だけど、どうでもいいなんて思っているわけでは決してない。

それにしても、今日は異常に濃い一日だった。研究室のミーティングに参加し、江原に呼び出され、現代美術研究会のパネル破壊事件に巻き込まれ、それを木天蓼の力で解決して……。

もしかして――。

相川は机の上に散乱したＨＤＤを片付け始める。

ふと、あることを思い出していた。

『一昨日の深夜ぐらいだったと思うけど、円弧館に学園祭中止を訴えるポスターが貼られてたことがあったんです。あれも、もしかしたら御形さんって方が犯人なんじゃないかって噂が流れたことがあって……』

『うん、何やよーわからへんかったから、円弧館の監視カメラのデータ、ここ二、三日のやつ全部持って来た』

手提げ袋に入れ直したはずのＨＤＤからいくつかを取り出した。そして、パソコンに繋ぎ、動画をいくつか再生した。時間を一昨日の深夜に絞る。そこに彼は居た。

「御形……」

相川は思わずそう溢《こぼ》した。映し出されていたのは深夜、掲示された学園祭のビラの上に『学園祭開催反対』というビラを貼る御形の姿だった。

何で、ここに御形が居る？　何で御形がこんなポスターを貼っている？

相川の理解が追いつかなかった。

もしかして、この動画も偽造？

『静止画に比べたら、動画は偽造するのがずっと難しいんだよ』

いや、違う。前に木天蓼がそう教えてくれたし、そもそもこれは大学側から直接持って来た動画データのはずだ。

偽造ではないとすれば、本当に御形が学園祭を中止に追い込もうとしていたことになる。

相川は頭を抱えた。

御形の濡れ衣を晴らしたと思った。御形が信じてくれと言った、だから御形を信じたいとも思った。だから、そのために自分なりに一生懸命やってきたつもりだった。けれど、でも、あのときの写真が偽造だからって、御形がステージを破壊していないと断言できる理由が何一つないじゃないか。

『それに……』偽造写真のトリックを暴いたとき木天蓼は口淀んだ。彼女はこう言おうとしていたのではないだろうか。『それに、御形って子が無実だとは限らないよ』と。

一体、どうなってるんだ、これは……。

そうして、相川はある一つの可能性に辿り着いた。そうか、そういうことか。だとすれば、あのメールにも合理的な説明がつく。けれど、それならこの事件の裏には――。

ふいに教室の扉が開いた。相川はギョッとして、振り返る。

「うぉ、何だ。相川くんまだ居たのか」

その音とともに入って来たのは松木だった。

「先輩こそ、まだいらっしゃったんですね」

松木はばつの悪そうな表情を浮かべる。

「ああ。えーと、まぁ、繕ったってしゃあないか。締め切り間近だと、こういうこともあるよ、またたびさん程じゃないけど。てかあのときサーバが止まらなければ、こんなことには……」

松木は苦虫をつぶすような顔をした。

すみません、それに関しては全面的にノーコメントでお願いします。相川は脳内で深々と謝罪する。

「何だ、木天蓼さんもう寝ちゃったのか、ったく、そんな格好で寝たら風邪引くぞ」

そう言って、松木は椅子に座っていた木天蓼を抱えると、床に彼女を転がした。

「な!?」

「よし、これでおっけーだ」

ぱんと松木は手を叩く。

「松木先輩、一体何を!?」

相川は自分の目を疑った。女性への対応とは思えなかった。

「え、いや、机に寄りかかって寝るよりは、床に転がしてあげたほうが楽かなとつい老婆心を」

あまりに微妙すぎる老婆心だった。善意が中途半端すぎる。

「まぁそうかもしれませんけど、せめて、奥にあるソファーに置くとか」

「だって、またたびさんはどこに置いても勝手に転げ落ちるし、あとソファーまで連れてくの大変だし……」

「いや、まぁそうなんでしょうけど……」

完全に愛玩動物と同じ扱いだった。ほんの少しだけ、相川は木天蓼のことが不憫に思えてきた。あくまで、ほんの少し、だけれど。

「そういえば、さっき、木天蓼先輩にもう寝ちゃったのかって言ってましたけど」

「ああ、いつも夜遅いのはまたたびさんだからね。何か夜のほうが研究が進むんだってさ、周りがうるさくなくて静かだし」

「なるほど、だから昼はいつも眠そうにされてるんですね」

「いや、あれは単にまたたびさんが寝ぼすけなだけだから」

松木はきっぱりと否定した。

「今日はいろいろあったし、疲れちゃったんだろうな、きっと」

すやすやと寝息を立てて眠る木天蓼は気持ちよさそうな顔をしている。

「木天蓼先輩は何でこんなにがんばってるんですかね。珍しいじゃないですか、女性で、情報系で、しかも博士課程に進んで、こんな身を粉にするように研究に励んで」

相川の口をついたのは素朴な疑問だった。

松木は近くにあったワークチェアを引っ張り出すと、「よいしょ」と声を出しながら、背もたれに前のめりに寄りかかる。

「本人はそんなふうに思ってないだろうけどね。ただ、彼女がうちに入るとき、こんなこと言ってたよ」

松木は言った。

「『ヒトの心を定義したい』って。要は人と機能的に同等なロボットや人工知能を作ることで、人をもっとわかるようになりたいんだって、いや、そんなふうに言ってくるやつさすがに初めて見たからびっくりした」

相川は首を捻った。

「何で、木天蓼先輩はそんなことを思ったんですか？」

「訊いたよ。そしたら、こう答えた。『自分はヒトとして不良品だから』って。だから、『ヒトの心をわかるようになりたい』んだってさ。まぁ、何でも小さな頃からあの性格だったらしいし。きっと周りにだめ出ししまくったり、教師にさえ文句言ってたんだろうなぁ、『それは合理的じゃない』って」

相川は脳裏でその姿を想像してみた。

「率直に言いますが、とても嫌な子どもですね」

「なぁ、俺も教師だったら、そんなやつ絶対嫌だわー」

松木は腹を抱えながら笑った。

「そしたら、周りからどんどん人が離れていって、最後には一人ぼっちになって、それでようやく気づいたんだろうなぁ、自分はもしかしたら間違ってるんじゃないかって」

「いや、でもそれは間違ってるわけじゃ」

「俺もそう思う。別にそれはまたたびさんが悪いわけじゃない、ただ」

松木は表情を緩めていった。

「たぶん、そういうのじゃなくて、彼女は単に優しい人になりたいだけなんだろうけどね」

「へ」

相川は拍子抜けした。

「そんなことのために、研究を？　それを達成するために、こんな大変な思いをして研究するなんて、そんなの」

「合理的じゃない、よな」

木天蓼の口癖をまねるように松木は言った。

「でも、偉大なミュージシャンの行動原理が実はモテたい、だったりさ、ベストセラー作家の作品を書く動機が単に周りに認められたいってだけだったりするのと似たようなものでさ。案外、すごいことをできてしまう人間のモチベーションって、とんでもなく原始的なところから湧いてたりするもんなんだよね。もっとも第三者の一般人からしてみれば、その動機を別の方法で達成するほうがよほど簡単だってわかるもんなんだけど」

「わからなくもない、ですけど」

ただ、納得はできない。

「そうだな。もっと身近な例で言うと、例えばうちの石原なんかは研究室に入るときに『美少女メイドロボを作りたい』って言ってたんだけど」

あまりに下世話すぎる理由だった。というか本音が全くオブラートに包まれていない。

「でも、きっとあいつが本当にしたいのは、かわいい自分の理想の女の子にちやほやされたいだけであって、ぶっちゃけメイドロボである必要も、そもそも自分で研究開発する理由も、一個もないんだよ。つまり、あいつはすげぇ歪んでるんだよ！」

「最後、ただの悪口になってますね」

いろんな意味で石原が不憫な扱いだった。

「要はみんな自分の原始的欲求を、何だかんだ理屈つけて、遠回りしてがんばってるんだと思うんだよ。だから、またたびさんのこともあんまり口出しできないよ、こればっかはさ」

松木は困ったように、けれど優しそうな顔で笑った。

最後まで話を聞いても、やはり相川は納得できそうになかった。

けれど、木天蓼が自分に協力してくれる理由がわかったような気がした。

『なるほど』と彼女は呟くと、一人で頷き、そしてこう言った。『その答えは全く予想できなかった。だから、すごく驚いた』ぶつかりそうになるくらいぐいぐいと顔を近づけると、彼女はこう続けた。『君はすごく面白いね』

『そうかな。ここは一周回って優しいって言って欲しいな』

『何でですか?』相川は訊いた。

『だって』木天蓼は言った。『だってそれが、私の一番好きな言葉だから』

せめてこの人には、この先輩には失望されないように。
相川は決心した。
もう、木天蓼は巻き込まない。巻き込んでは、いけない。

三章

「それで、何故俺はこんなことをさせられているのだろうか」

佐々木はそう言うとアイスコーヒーを啜った。半分空気を吸って、ずるるとストローが音を立てる。

相川たちは喫茶「Cの三乗」に来ていた。キャンパス外れの正門近くにある施設で、同盟館や連鎖館の食堂に比べると大分こぢんまりとしており、メニューも全体的に一〇〇円近く高いのだが、その分クオリティの高さと品揃えがウリだ。

「いや、それは佐々木がアイスコーヒーを選んだからじゃないだろうか、もしかして人生最大の選択に失敗したの？　ホットのほうがよかった？　どんまい、じゃあ次の人生に期待したら？」

相川はスプーンでクリームを掬い、口に運ぶ。舌触りもなめらかで、他の素材との親和性を考えているのだろう、砂糖の量も甘すぎずちょうどいい。

「違ぇよ、この暑さならむしろアイスコーヒー一択だよ！　迷う余地はねぇよ！　てか、別にアイスコーヒーを選んだことを後悔した経験なんて生まれてこの方一度もないわ」

　相川の向かいに座る佐々木はテーブルを叩きながら力強く言った。そんなこと言わずとも、たぶん、多数の人がそうだと思うが。相川はカップの縁にのっかていたチェリーを頬張った。

「……いや、悪かったとは思ってるよ、だからちゃんとお礼におごってるじゃんか」

　これは酸味がいいアクセントになっている。

「お礼？　たったのアイスコーヒー一杯が？」

　佐々木は口を尖らせて言うと、不満そうにグラスを廻す。カランコロンと氷の音がした。

「いや、だからアイスコーヒーを選んだのは佐々木だって、僕は別に口出ししてないし」

「俺がアイスコーヒーを注文した後にお前が『お礼におごるよ』とか言い出すとは思わなかったんだよ。おごられるって知ってたら、パフェとかケーキとか、もっと高くていいの選んだっつーの」

　佐々木は声高に主張した。

「何だよ、やっぱり後悔してるじゃんか、アイスコーヒーを選んだこと」

「違うんだよ、後悔はしてないんだよ！　このアイスコーヒーはすごくおいしいし、何も悪くないんだよ。てか悪いのは相川だけだ、しかも何で何げにパフェ食べてるんだよ、お前が！　しかも、これ見よがしに何その豪勢なやつ⁉」

「ああ、このゴールデンデラックスデリシャスチョコパフェのこと？」

「名前まで豪勢⁉　そして、何この絵面、第三者が見たらどっちがおごってもらってるのかわかんねぇよ」

「いや別に第三者におごってもらってるってわかってもらう必要ないでしょ。何をアピールしたいんだ、お前は愛され系女子か。それに僕が何を買って食べようが、僕の勝手だよ。人の食べるものにけちつけるなんて何様だ」

　そう言って、相川は中腹のコーンフレークを口に入れる。少し塩味が効いていて、甘い味が続き、だれ気味の中盤にはちょうどいい。

「いや、確かにそうだけど、そうなんだけども、何だこの理不尽感！」

　佐々木は大げさに仰け反った。

「面倒だなぁ、佐々木はー」

　ともあれ。

「で、訊いてきてやったぞ、ほれ」

　そう言って佐々木は紙の束を投げた。相川は受け取った紙を捲っていく、訊いてきた内容は全て箇条書きにされており、横に所属学部、学年、サークルが書かれていた。

「こんなに綺麗にまとめてくれたのか？」

相川は素で感心した。

『御形についてどんな噂が広まっているのか、知ってる範囲の人でいいから訊いてみて欲しい』

相川が佐々木に連絡したのは今朝だったので、まさかここまで調べてくれるとは思ってもみなかったのだ。

佐々木はふふんと鼻を鳴らした。

「やるときは徹底的にやるやつなんだよ、俺は。それに情けないことに、御形のときは噂に振り回されちまったからな。俺たちが真犯人を暴いてやって、今度はこっちが一杯食わせてやるさ」

佐々木はそう言って右の拳で手のひらを叩いた。どうやら彼は彼で思うところがあったらしい。

「確かに御形が学園祭反対のポスターを貼ってるって噂は前から流れてたみたいだな。お前の言ってた円弧館だけじゃなくて、森林館とか、教養館とかにも貼られまくってたらしい」

相川は昨日の騒動で話を聞いただけだったので、円弧館の件しかしらなかった。

「でも、みんな知ってるって訳じゃなくて、知る人ぞ知るって感じだった。実際俺もポスターの事件は噂程度でしか知らなかった」

相川は首を捻る。

「何でだろうね？　そんなことしてたらもっと早く噂なんて広まりそうなものだけど、僕なんかポスターの存在すら知らなかったよ」

「それは、学園祭実行委員がうまく動いてたのが大きいんだろうな。大抵の事件で朝授業が始まる前にはもう撤去が終わっていたらしいし」

確かに学園祭運営が戦争だと江原は言っていたが、こんなところでも闘っていたのだろう。遊撃部隊などを作りたがる気持ちもわからないではない。もっとも相川が入ってからはそのような騒動はまだ起きてはいないが。

「じゃあ、逆に何で御形の犯行だっていう噂が流れてたんだろう？」

「それはわからなかった。ただ、大学っていうのは大体四六時中誰かしら学生が居るもんだし、目撃されたとしてもおかしくないんじゃないか？　まぁそれでも目撃者が少ないから眉唾物になったんだろうけど。それに比べてステージを壊した事件については、結構大多数の人間が知ってたな。写真がネットにアップされたのが大きかったんだろう」

「まだ、御形がえん罪だっていう情報は広まってないの？」

「ああ、全然。知ってたのはせいぜい一割くらいかな。それだって、お前の話だと真犯人がわかったわけじゃないんだろ？　こういうのは大体誰かが鬱憤晴らしに広めるもんだから、別の標的、つまり犯人が明らかにならない限り広まんないもんだよ」

　御形の写真をねつ造したのが片橋であることは、江原の希望もあり伏せていた。もちろん、相川はその事実を佐々木にも隠していた。佐々木はこう見えて、交友関係が広い。信用していないわけではないが、知っていれば何かの拍子でばれてしまう可能性もあるだろう。

「ていうか、相当悪評が流れてたぞ、御形のやつ。江原も大分振り回されてて、手がつけられないとか」

「どうせ、噂に背びれ尾びれ胸びれ足ひれ触手がくっついたんでしょ？」

　相川はため息を吐く。

「そこまでいくと、完全に別の生命体になってるが……ただ、妙と言えば妙なんだよな」

「何が？」

　佐々木は資料を撫でるように指さした。そして言った。

「何か、噂に妙なバイアスがかかってる気がする」

「どんな？」

「それがわかんねぇから困ってるんだよ。何でそのバイアスがのってるのかわかんねぇし。法則性がありそうで、なさそうというか、強いて言えば、サークルごとに情報が偏ってる気がする」

「でも、それは単にサークルで集まる機会が多いとかそんな理由じゃない？」

相川はそう意見する。特段おかしく思うようなことではなかったからだ。

「まぁ、そう言われればそうともとれる。どちらにしてもこれだけだと何とも言えないな。もうちょいまじめに多変量解析とかしてみたら、何か出てくんのかもしれないけどさ。まぁ二〇人くらいしか訊いてないから、そういうのも望み薄だけどな」

相川は平子からもらって来た今年の学園祭のパンフレットを広げた。

学園祭の目玉企画やらライブ情報が掲載されている。次のページにはキャンパスマップを簡略化した物が印刷されており、どのサークルがどこでイベントを実施しているかを示していた。相川はボールペンを取り出すと、そのキャンパスマップに丸印を書き込んでいった。

「ん、何してんだ相川？」

「ああ、何か法則性がないかなと思ってさ、御形の噂に」

例えば、同じ建物に集中しているだとか、同じ場所付近に偏っているだとか、そういったものが見つかれば、何かの取っかかりになるのではないかと考えていた。

「で、見事に散らばってるみたいだな」

佐々木は相川の手元をのぞき込んだ。地図にはまんべんなく丸が描かれている。だ

めだ、この線は望み薄か。あ
「ていうか、こんなところでぐだぐだやってないであの人に頼めばいいだろうが。あの、天才中学生と知り合いになったんだろ？　これだけデータあれば、きっとぱぱっとわかるんじゃないか？」

佐々木には成り行き上画像情報研に入り浸っていることを教えていた。佐々木は噂で木天蓼のことを聞いていたらしく、『で、魔女は実在したのか？』とか『やっぱり、魔法とか使うのか？』などとやたら興味津々だった。

「先輩を中学生とか呼ぶな、それにあの人にはもう頼れないよ」

「何でだよ、魔法が使えるんだろ」

「何でも、だよ。そもそも、先輩を道具みたいに使うもんじゃない。それに」

相川は続けて言った。

「彼女のやってることが魔法に見えているうちは、まだまだ勉強が足りないらしい」

「何だよ、かっこいいこと言いやがって、同級生は道具みたいに使うくせに……」

佐々木はまた小言のように呟く。

「だから、お礼にちゃんとアイスコーヒーおごったじゃんか」

「違うんだよ、俺もパフェを食いたいんだよ！　そのデラックス何とかパフェを！」

「え、そうだったの？　じゃあ食べれば、自分で買って」

佐々木は唸った。

「違うんだよ、おごってもらって食べるパフェのほうがうまいんだよ、わかんないかなぁ、こういう気持ちが」

ああなるほど、佐々木の言わんとしていることがわかったような気がした。

「じゃあ、僕の食べる？　もう一番下のコーヒーゼリーしか残ってないけど」

「だからー、違うのー！」

＊

あの日のメール以来、御形からは何の連絡もなかった。相川がメールで問いかけるも返答は全くない。御形と同じ工学部である平子に紹介してもらい、相川は御形の知人らに訊いて回ったが、全員があの事件以来彼との連絡が付いていないという。下宿先にも居ないようで、足取りは全くつかめないでいた。

彼のことを知っている実行委員らに話を聞くも、結局手がかりは得られず、御形は自分の悪事が表に出てしまったために、雲隠れしているのではないだろうかという答えが大半だった。

佐々木の情報と合わせても、もう少し聞き込みをするべきだろうか……。

胸のポケットが震えた。

相川は顔を顰めた。

それは例の呼び出しコールだった。

画像情報研究室に辿り着いたとき、相川は息も絶え絶えだった。

「すみません、先輩、まじでパシリに使うの勘弁してもらえませんかね、しかもこの謎ドリンクを買うために……いい加減ストックしときましょうよ、これ」

対する木天蓼は体育座りをして、だらりと椅子の背もたれに寄りかかっていた。

「これ、やたら賞味期限が短くて、買いだめに向いてないんだよねー。それに、さくらくん仕方ないんだよ、私がNINJAを飲みたいって思うと、何故か同盟館の売店近くにさくらくんがいるの。これはいわば運命の糸で結ばれているせいだよ、だから私は悪くないの」

「実行委員は同盟館に集まってるんで、そんなの当たり前じゃないですか！　てかこんな謎ドリンクと運命の糸を結ばれたくないんですけど！」

「まぁまぁ、でもどうせさくらくん暇でしょ？」

「いや、学園祭実行委員の仕事が結構忙しくて」

そう相川は嘯《うそぶ》いた。木天蓼は「ふーん」と言いながら、怪訝そうな表情を浮かべていたので、ばれたのかと思ったが、

「まぁそういうのはさくらくんの勝手だし、そもそも私には関係ないし別にいいけどさ、ほんとお人好しだよねぇ……」

そう言って、木天蓼はＮＩＮＪＡのプルタブを開けた。

相川は臭いに当てられないよう、口元を覆う。

「というか木天蓼先輩も楽しんでくださいよ、学園祭。委員会の人もそうですし、他のサークルの方々もがんばってますよ」

「うーん、でもあんまりアマチュアのイベントって、興味ないんだよねー、ほら、あいうのってどういうことがやりたいっていう自己満足が先行してて、いまいちお客さんを喜ばすっていう視点に立ててないし」

まさかのガチの批判だった。

「どこから目線なんですか、それは」

「そもそも、学園祭ってどんなことやるの？　一度も行ったことない」

「え、そこからですか」

相川は呆れてため息を吐いた。

「そうですね、うちは別に特別凝ったことはやりませんよ。いわゆるちょっとテンプレ的な学園祭です」

「テンプレ的なやつ？　例えば、キャンプファイアーみたいなのやって、みんなで囲って談笑しながら、クライマックスには親の仕送りにもかかわらず賭け事やら趣味やらにつぎ込んでまじめに勉強もせずに家でだらだらしてあげく留年ぶちかますようなクズ学生を生け贄に捧げて、悪魔でも呼び出すの？　単位をくれたまえーって」

それはどこの国のテンプレだ。

「そんな恐ろしいサバトやりません」

相川がそう言うと、木天蓼は落胆した顔を見せた。

「そっか、等価交換の法則に従うと、そんなクズ人間無価値だもんね、ゼロは何をかけてもゼロなわけだし」

「どこの誰のことを言っているのかは知りませんが、やめてあげてください！　はい、これ学園祭のパンフレットです、どうせ持ってないですよね」

相川は鞄から冊子を取り出す。

「失敬な、それくらいちゃんと持ってるよー」

そう言って、木天蓼は机の上に重なっていた書類の山（というか一見するとただのゴミの山にしか見えないのだが）に手を突っ込むと、しばらくまさぐり、そこから冊子を取り出した。

「ほらー、もらった記憶あったんだよね」

「くっちゃくちゃじゃないですか、もう」

机の上に置いて、手でしわを伸ばすと、ぱらぱらとページを捲った。

「ほら、このページに催し物とか地図が載っているので」

と言いかけ相川は違和感を覚える。

「あれ、何か違うような……って、このパンフレット、去年のじゃないですか」

表紙に戻ってみると、そこには昨年度の西暦が大きく印字されていた。

「え、どうせ学園祭のパンフレットなんて、独創性のかけらもないただの素人学生が作ったやつだから実質去年のコピペじゃないの？」

「違います。大体、割り当てられてるスペースだって変わってますし、イベント関係も全然違いますよ。道理で配置が違うと――」

そのとき身体に電流が流れた。相川は去年と今年のパンフレットを並べた。

そう、確かに去年とは違う。どこが違う――？

『背景、差分ですか』

『人は動くけど、背景は全然変わらないでしょ。それを利用したのが、背景差分法』

相川は去年と同じ部分に――背景に――×印を書いていく。そして、途中で手が止まる。そうか。やはり、そうだ。考え方としては合ってる、はずだ。いや、これだけじゃ足りないんだ。何が足りないんだろうか。

『今年が、今回の学園祭だけが、私のラストチャンスなんです！』

『約束したんだ、絶対に成功させてやるんだよ』

意図を考えろ。学園祭の中心部である円弧館は一等地。その付近の建物のうち、一階エリアは客が立ち寄りやすいから次点に入る。他の建物でも広かったり、人の動線に近いところは――そして、相川は最後に佐々木の資料と照らし合わせた。

間違いない、これは――

「どうしたの、さくらくん」

木天蓼の呼びかけに相川は我に返る。

「何か、百面相みたいになってたけど」

「いえ、そろそろ実行委員会のほうに戻らないとなって思って」

相川は木天蓼のパンフレットを取り上げた。

「このパンフレットもらってもいいですか、参考にしたくて」

「参考？　まぁ、別にいいけど。てか、相変わらずわけわかんないくらいがんばるねー、さくらくん。あくまで代理なんでしょ、実行委員って」

「まぁ、代理でもやるからにはしっかりとやらないとですし。それに御形の代わりなんで、僕ががんばらなかったら、御形の立場がないじゃないですか」

「なるほどね」

相川の言葉に木天蓼はうんうんと頷いた。

「全然意味わからん」

「だと思いました」

相川は笑った。

「まぁ、先輩として気が向けば協力しないこともないから、いつでも頼っていいよ、手伝うかどうかはまた別の問題として」

そう言って、木天蓼は椅子の上で仰け反った。

「あまりに微妙すぎる言い方ですね」

相川はそこで一つ思いついた。実は前々から気になっていたことがあったのだ。

「あ、じゃあ一つだけ、訊きたいことがあるんですけど」

「何？」

相川は一本指を立てた。

「木天蓼先輩って理系の女子だから所謂リケジョじゃないですか」

「ああ、そだね。まぁ情報系だから、情報系女子、ジョジョっていうほうが正しいかもだけど。てか、この年齢で自分のこと女子なんて呼ぶそこはかとなく痛い存在にはなりたくないのだけれど」

「まぁ、そういうのは置いておいて。その、リケジョって呼ばれたりするの、どう思います？」

「どうって？　どういうこと？」

　木天蓼は首を傾げた。

　相川は説明を続けた。

「例えば、何か呼び方的に馬鹿にしてるなぁとか、色物扱いされてるなぁとか、思わないのかなって」

「え、別に。いいんじゃない？　呼びたい人が呼びたいふうに呼べば」

　木天蓼の答えを聞いて、相川は驚いた。大分寛容な回答だったからだ。

「そっか、意外ですね。てっきり、そういうのは嫌いなんじゃないかって思ってました」

「そもそも私としては、気にする程でもない些末な問題として認識しているけれど」

「ああ、なるほど」

　確かにそこまで聞いてしまえば、木天蓼らしいのかもしれない。

「そもそも所謂何々系ってまとめることをラベル付けとかって言うんだけど、それみたいなことはコンピュータビジョンでもよくやることなんだよ。メリットは色々あるけれど、一番はラベル付けすると後処理のロジックがシンプルになるから、ＣＰＵへの処理負荷が減ることかな」

　もちろんいい加減にラベル付けをすれば誤動作は増えるから善し悪しなんだけれど、と木天蓼は付け加えた。

「よく何々系だとかで勝手に分類したり、物ごとや人をいいか悪いかの二元論で片付ける人が居るのはきっとそういう理由からだと思うよ。例えば、どんなに身体にいいものだって取り過ぎたら毒になるんだけれど、そういう判断は彼らには高度なんだよ。だって、彼らの頭の処理性能が世界を正確に認識するのに足りてないんだから。だからそのラベル付けが正確でなかったとしても、彼らは足りない頭で処理できるように問題を簡単化しなければならない。そのために、レッテルを貼ったり、カテゴライズをしたりする。この人は何々系だからどういう人間だとか、この人の血液型は何型だからどういう性格だとか、これはいいものであれは悪いものだ、と勝手に判断する。そうすることで、彼らの足りていない脳みそでも複雑な世界を辛うじて認識できるように工夫している。だから、それはむしろ褒めるべきことで、別に悪いことではないと思うよ。でも」

木天蓼は不敵に微笑んだ。

「少なくとも私には必要ないね」

＊

「またたびさん、これまだ受け取ってないですよねー？　はい、これ」

石原はいつもの間延びした口調で言うと、木天蓼にパンフレットを手渡した。

「何これ？」

「何か、各研究室にわざわざ学園祭実行委員会が配ってるみたいですよー」

「そうなんだ。今まさしくその学園祭実行委員のさくらくんに、これもらったんだけど」

木天蓼は相川から受け取ったパンフレットを見せた。

「ああ、相川くんまた研究室に来てたんですねー。てか学園祭実行委員もやってたんですね、全然知りませんでした。研究室見学の上に学園祭の運営なんて、活動熱心な子なんですねー」

「うん、すごいよね。理解できない。何かよくわからんこと言ってたけど」

木天蓼の言葉に、石原は空笑いする。

「いやー、相川くんからしたら、またたびさんのほうがよっぽどわけがわからないんじゃ……」

「ううん」

木天蓼は首を横に振った。

「私は一見変なやつなだけで、私よりずっと彼のほうが異常だと思うよ」

「あ、自分が一見変なやつだっていうのはわかってるんですね……」

「ん、石原くん何か言った？」

「いえ、別に」

そう言って、石原は口を手で押さえた。

「さくらくんはあんな人畜無害な顔して、中にはとんでもない化け物を飼ってる、気がする。どんな化け物なのかはわからないんだけど……」

「へぇー、何かいつも通りよくわからないですけど……でも、この時期にこんなに研究室にくるなんて大分熱心じゃないですか、期待の新人ですね」

石原の言葉に木天蓼は首を振った。

「熱心というか、ほんと、さくらくんはお人好し……」

木天蓼はそこで固まった。

「ん、どうかしました、またたびさん？」

木天蓼は相川から受け取ったパンフレットを見た。演し物のページ、いくつかのものに×印と〇印が記されていた。そして脳内で先程見た昨年度のパンフレットを思い返す。

「……そういうことか、私としたことが完全に騙されてた」

「騙されていた？　誰にです？」

石原は訊く。

「さくらくんに」

木天蓼は答える。

「はぁ」

「もちろん、本人は騙しているなんて自覚なんてなかったんだと思うけど。それこそ、彼には理由なんてなかったんだから」

「へ、相川くんが騙す？　何のことかわかんないですけど、そんなことをする子には見えませんけど……」

木天蓼は頭を掻きむしった。

「というか順番なんだよ。順番さえ逆だったら気がついたのに、先入観に囚われすぎた。すごく、失敗した。何で忘れてたんだろう。さくらくんがすごくお人好しだってことを」

石原は眉根を寄せた。

「またたびさん、今日は一段と意味不明なんですけど……すみません、ちゃんと説明してもらえますか」

「つまり」木天蓼はゆっくりと息を吐いた。「どうやら、私は最初からはめられていたみたい、相川作久良という人間に」

＊

「何故、こんなことをしたんですか？」

相川は言った。

相手は首を傾げた。いきなり何を言い出すのか。そして、何のことを訊いているのか、そう尋ね返す。

「わかりました。では質問を変えます」

相川は静かに、そして強く言った。

「御形をどこにやったんだ?」

しばらくは何の反応も見せず、淡々と作業を進める。そして一段落つくと、書類を机で揃えて、彼女は静かに立ち上がった。

「相川さん、ちょっと手伝って欲しい仕事があるんですけど、いいですか?」

そう江原奈瑞菜は提案した。

「お話だったら、歩きながらでもできると思いますし」

＊

「江原さんが黒幕だったんだね」

相川たちは大学の東端の新紀館に向かっていた。教養館の中を通りながら移動した。

「今日は暑いので、屋内を通っていきましょうか」と江原が提案したのだった。確かに教養館を経由すると、新紀館へはほとんど外に出ないで移動することができる。

「黒幕って、一体何のことですか」

江原は何も知らないように、そう尋ねる。

「御形の事件の、だよ」

「あのステージが壊された事件ですか？　あれは片橋さんが画像を捏造したって、証言してたじゃないですか」

「うん、そうだね。実際に画像を捏造したのは片橋さんだ。でも、そうなるように促したのは、仕向けたのは江原さんだよね？」

一瞬、くすりとだけ江原が笑い声を零した。

「どうやってですか？」

「江原さんは片橋さんに噂を流したんだ。御形が学園祭を中止にしようと画策してるって。たぶん、いくつか脚色した形で」

「それだけですか」

江原は訊いた。

「うん、それだけ」

相川は答える。

江原は肩を上下させた。相川からは背中しか見えないので、どのような表情をしているのかわからない。もしかしたら、笑っているのかもしれない。

「相川さん、私は学園祭実行委員会だけではなく、組織のリーダーを何回も務めさせてもらいました。それで思い知ったのは人って思った通りに動かないっていうことです。直接やって欲しいことを伝えても、うまくいかないことのほうが多いです。なのに、そんな噂だけで人がコントロールできるわけないじゃないですか」

江原の言葉に相川は頷く。

「確かに僕もそう思う。人は簡単にコントロールできるもんじゃないけど、ある程度の確率だったら、それは期待できるんじゃないかな」

相川はそう言うとある物をポケットから取り出した。今年の学園祭のパンフレットだ。

「ある先輩に背景差分法っていう技術を教えてもらったんだ。これは、片橋さんが御形の写真を捏造したときに使った手法なんだけど、原理はすごく簡単で、二枚の写真の画像データの差分を取ると、動いていない背景の部分はゼロになるから、残った部分が動いた領域、つまり人の領域になる。こうすると簡単に人を切り出すことができるんだ」

もう一冊取り出す。それは去年の学園祭のパンフレットだ。

「だから、それを真似て僕はこれの差分を取ってみた。去年のパンフレットと、今年のパンフレット、これには目玉イベントやライブスケジュールの他に、各サークルのブースの割り当てが載っている。僕はこの部分の差分を取ったんだ、それがこれ」

　相川は今年のパンフレットの、キャンパスの地図が載っているページを開く。

「この×印が書いてあるところが、去年と割り当てが同じところ、そして○が御形の噂が集中していたところ。去年と今年の差分がプラス側になっているサークル、つまり去年よりもいい位置に移動したサークルに御形の噂が集中していた。これは明らかに誰かが意図的に情報を集中させたんだ。各サークルに与えられるスペースの配置は事前の面接や企画書で決まるって話を聞いた。それでいい場所に移動できているってことは、おそらくこのサークルは例年よりも学園祭に力を入れていると考えることができる。こんなに頑張っている人たちに御形が学園祭を中止にさせようとしてるっていう噂が流れたらどうなるだろう？」

　もし、自分がその立場だったら、どうだろうか。何か嫌がらせくらいはしようと思うかもしれない。そういえば、平子が言うには御形は最近不運続きだと言っていた。果たしてそれは本当に偶然だったのだろうか。

「別に彼らが全員御形に危害を加えようとしなくてもいい。というか、そもそもこのやり方はそれを織り込み済みなんだ。例えば一人あたり六〇％ぐらいの確率で御形に危害を加えるように誘導できたとする。六〇％だから、事件は起こるかもしれないし、起こらないかもしれない。でも、そんな人が一〇人集まったらどうだろう。これを確率の式で表すと、1−0・4の一〇乗、つまり九九・九九%の確率で御形は何らかの被害を受けることになる。しかも、誘導した犯人が直接関与しない形で、つまり仮に何か事件があっても、その犯人が何も追及されない形で」

相川はそんなことを言いながら、木天蓼がしていた機械学習の話を思い出していた。確率の低い物を組み合わせることで、高い認識率を実現する。たとえ一つ一つの精度が低くとも、数さえ集めることができれば、困難なことも実現可能になる。

「でも、これを実行するにはそんな情報が知れる立場じゃないといけない。学園祭のスペース割り当ては、パンフレットが配布された後、つまり」

「わかりました」

江原は沈黙を破った。

「それは、認めましょう。どうせ、私が噂を流していたことは調べればすぐわかることですし。でも、だとしたら、私には何の罪があるんですか？　ただ情報を流していただけですよ。しかも、多少創作されていたとしても、御形さんが実際に学園祭を中止にしようとしていたのであれば、私は単に事実を広めていただけになる。相川さん、教えてください、私の罪は一体なんでしょうか？」

江原は半身だけ振り返る。彼女は静かに微笑んでいた。

「たぶん、御形が学園祭を中止にしようと動いていたのはまず間違いないと思う。それに噂を故意に流すことだけじゃたいした罪にならないのかもしれない、けれど」

そう言いかけて、しかし相川は一度言葉を切った。

「その前に、江原さんには言わないといけないことがある」

「何をですか？」

江原は訊いた。

そもそも、疑問の原点はここにあった。

相川は言った。

「僕は御形に一度しか会ったことがないんだ」

「え」

江原は歩みを止めた。

「御形と僕は、親友なんかじゃない。ほとんど赤の他人なんだよ」

相川は続ける。

「一度、僕が財布を落としたことがあったんだ。それを御形は直接僕に連絡してくれた。名刺を入れてたんだけど、それを見てメールをしてくれたらしい。いいやつだってそのとき思ったよ、何か説教されたけど、あれは助かった。御形に拾ってもらえてよかったよ。でも、それだけだ。それ以来御形には会ったことも、メールを送ったこともなかった。一昨日まではね」

だから、御形の顔も写真で見るまではほとんど忘れていた程だった。他人の顔を覚えることも見分けることも、人には難しい。

「だから、ずっとおかしいと思ってた。何で御形は僕みたいな他人に『助けてくれ』なんて連絡したんだろうって」

最初、相川はいたずらか、あるいは送り間違えじゃないかとさえ思った程だ。

「それで携帯をいじってたら、それに気がついたよ、電話帳だ」

「電話帳、ですか」

江原はオウム返しをする。

「そう、僕の名前は『あいかわさくら』で名前の始まりがあいうえおの『あ』と『い』で始まり、次も順番の早い「か」が続く。これは名前を五十音順で並べると、一番最初になりやすい名前なんだ。でも、僕はそれを意識したことがあまりなかった。というのも、僕の出身地では、出席番号が誕生日順だったから」

木天蓼に名前を名乗ったとき、『出席番号早そうな名前だね』と言われてぴんと来なかったのはそのせいだ。木天蓼は相川の出身を聞いて納得していたので、おそらくこの傾向は千葉県に多いものなのだろう。

「それに自分の電話番号を自分の携帯に登録してなかったから、他人の携帯に登録したときどう見えるかっていうのを意識したことがなかった。でも、それに気がついてからもしかしたら僕が選ばれたのは、単に電話帳の一番上に名前があったから、ただそれだけなんじゃないかって考えるようになった」

　相川は矢継ぎ早に続ける。

「じゃあ、何で御形はそんな選び方をしたんだろう？　普通、助けを求めるんだったら、常に連絡を取っている人とか、身近な人のほうがずっといいに決まっている。それで確信したんだ。僕にメールを送ったのは御形じゃない、別の誰かだって。御形はそのとき既に自分の意思でメールを送れるような状況ではなかった。だから、第三者が御形に成り代わり適当に宛先を選んでメールを送った。適当に選ぶなら、あいうえお順で一番最初の僕はその候補になりやすい。それなら納得がいく」

「意味がわかりませんね、誰が何のために、そんなことを」

「御形を隠すためだよ」

　相川は言葉を挟んだ。

「あのメールを送る直前に、御形に何かしらアクシデントが生じたんだ。何か致命的な、ね。そしてそのアクシデントを起こした犯人はそれを偽装しなければならなくなった。だから、このメールが送られたのはたぶん御形が少なくとも今は無事である、というふうに偽装する必要があったんだと思う。理由は二つ考えられる。もし、何日間も誰にも連絡がつかなかったら、御形がどこに行ったか誰かが真剣に探し始める可能性があったし、警察に捜索依頼が出ることだってあり得る。それが犯人としては困ったんじゃないかな。あと、もう一つの可能性はアリバイ工作。ある時期まで御形が無事だった場合、犯人はその容疑者の候補から外れることができたんだろう。だからこそ、犯人はメールの宛先を選ぶとき、メールのやりとりをほとんどしていないような人間を選んだんじゃないかな。親しい仲だったら、メールの書き方や言葉遣いで疑われる可能性があるし、実際にメールをもらった段階で彼を助けようと動き始めてしまう恐れがあった。たぶん、送り先のメールアドレスが変更されてる可能性も考慮して二、三人には送ってると思う。誰にも届かなかったら、意味がないしね」

事実、相川は御形とメールのやりとりをしたことがなかったため、メールを見て特段あやしいとは思い至ることがなかった。

「でも、その後も御形さんからメールの返信が来たんですよね？」

「たぶん犯人からしたら僕からのメールが予想外だったんだろう。だって、親しくない人を選んだはずなのに、実際に事件を解決しようと動き出して、しかも解決するなんて。だから、急遽対応する必要が生じてあんなメールを送ったんだと思う」

つまり、あの返信も御形ではない第三者が送ったことになる。

「おそらく、これまでの情報から推測すると、たぶん御形はどこかに監禁されていると考えるのが妥当なんじゃないかな。殺されている、っていう可能性もあるけどもし、メールの前に御形が亡くなっている場合は、死亡推定時刻が出てしまうから、メールによる偽装があまり意味がなくなってしまうような気がする。まぁ、今どうなっているのかまでは正直わかりかねるんだけど、無事である可能性はそこそこ高いんじゃないかと思う。だって、御形が行方不明になってからまだ三日目だからね」

画像情報研のミーティングで長谷川が言っていた。遭難した場合、三日間以内に救助できるか否かが生死を分けると。だとすれば御形がどこかに監禁されて放置されていたとしても、今はまだぎりぎり生きていられる期間だ。

「で、その犯人は誰なんだろうって話だけど、先程の話から考えると、おかしいことがいろいろ出てくる。江原さん、何で君は会う前から僕のことを知っていたんだろう？　御形に聞いたと君は言った。けどさ、たった一度しか会ったことのない人物のことを、誰かに紹介するかな？　それと、僕が片橋さんのところに言ったとき、君はやたらちょうどいいタイミングで現れたけれど、あれって偶然かな？」

相川は問う。しかし、江原は何も答えない。

「君が御形の携帯を持っているんだよね、江原さん」

相川は告げた。

「犯人は君だ」

今振り返ってみれば、御形から二通目のメールが届いたとき、江原は携帯を操作しているように見えた。あのとき実は相川にメールを送信していたのだろう。

「御形の携帯を持っていたから、あいつにメールを送って、事件を解決するために奔走していた僕のことを御形の友人だと誤解した。そのメールを見たから、片橋さんが画像を捏造した犯人だと、すぐにわかった、んじゃないかな」

「相川さん、もしかしてあなたはそんなほぼ他人の濡れ衣を晴らすために駆け回って、学園祭実行委員の代理まで引き受けたんですか？」

「うん、だって御形が助けてくれって言ったから、だから、助けてあげたいって思ったんだ」

「何故そうも平然としてるんですか？」

江原の声から苛立ちが見えた。

「仮にそうだとしたら、御形さんは本当はあなたに何の助けも求めていないんですよ？　相川さんが御形さんのために頑張ってきたのは、全くの無駄骨になるんですよ？」

「無駄なんかじゃないよ、ここまで辿り着いた」

そうだ、自分は最初からそのために動いてきたのだ。だから、それを達成するそれだけだ。

「僕は御形を助けられるかもしれない。だから早く教えて欲しい、御形は今どこに居るんだ？」

江原は振り返った。その顔には焦燥よりも怒りよりも何より侮蔑の色が濃かった。

「あなた、頭おかしいんじゃない？」

江原は罵った。

相川は思わず笑った。

「うん、たまに言われる、んでどん引きされる。もしかしたら、それだから僕は友達少ないのかなぁ……」

「……相川さんのおっしゃる通りです。本当に迂闊でした。完全に相川さんのことを読み違えました。ここまでに関しては私の完敗です」

そう言って、江原は両手を肩まで上げた。

「まぁ、僕も木天蓼先輩の協力がなかったら、とても、ここまで至れなかったけれど」

「やっぱり、さすが、ですね」

何故かとてもうれしそうに彼女は言った。

「ところで相川さん。ＧＰＳってご存じですか？」

「へ」

「ＧＰＳはもともとはアメリカの軍事向けに作られた、位置推定システムです。ＧＰ

S衛星複数台からの電波を受信し、その情報に基づき位置を推定します。しかし、例えば高層ビルなどに囲まれているところでは観測できる衛星数が十分でなくなったり、あるいは電波がビルにあたって跳ね返った上で受信してしまうマルチパスの問題が生じるので位置精度が極端に悪くなります。つまり、実際のところある程度開けたところでしかGPSはうまく使えないんです。カーナビなどで精度が維持できているのは車輪の回転速や地図自体へのマップマッチング技術が進歩しているから、ユーザー側があまり意識しないだけなんです。そして、GPSの最大の問題は屋内では全く受信できない」

江原は淡々と語る。

「うん、まぁそのくらいだったら、聞いたことぐらいならあるけど何でその話を？」

「木天蓼さんはとても聡い方です、相川さんが居なくなれば、もしかしたら何かに気づかれるかもしれない。そして、相川さんの場所を探ろうとするかもしれません。だから、わざわざ遠回りして屋内を通らせてもらいました。これで少なくともその携帯から位置情報を調べることはできません」

相川は顔を顰めた。

「ごめん、さっきから江原さんの言いたいことが」

首が締め付けられた。

「な」

腕だ。

息が止まる。

誰かが、自分の首を絞めている？

何故、誰だ？　振り返る。

「おま――」

そこには現代美術研究会の涼城の顔があった。圧力が一層強くなり、声が途切れる。

「おう、あのときは世話になったたな、名探偵さんよ」

首に涼城の腕が決まる。呼吸が詰まる。まずい、振りほどこうとして、腕を引きはがす。しかし、外れない。今度は背後の涼城に向かって肘を出す。数度叩くけれど涼城は動じなかった。

ちょっと待て、こいつ何のつもりだ。江原のほうに目線をやるが、特段慌てるような反応はしていない。

もしかして、涼城は江原と共犯、なのか？

「そこには気づかれてなかったみたいですね」

江原は微笑んだ。

そうか。円弧館のパネル事件の際、御形が犯人の候補に挙がったとき、涼城は『それだけは絶対にない。御形のはずがない』と言っていた。そのとき、相川はてっきり涼城が御形の写真は捏造されたものだという事実を知っていたのかと思ったが、そのことはそもそもほとんど広まっていなかったし、仮に知っていたとしても、『絶対にない』と言い切れる程の確度のある情報ではない。だとすれば、そのとき涼城は知っていたのだ。御形の居場所を。だから、涼城は『絶対にない』と断言できたのだ。

もっとも、今更そんなことを考えても後の祭りなのだが。

「すみません、頑張っていただいた相川さんには大変申し訳ないんですが、ほんの少しの間だけ、静かにしてもらえますか――」

ふいに、強い衝撃が加わった。

その刹那、相川は横に倒れ、吹っ飛ばされる。

身体が横に三回転したところ、壁にぶつかりようやく止まる。

衝撃で何度も咳き込む。

一体何が起きたのか。

半身だけ起き上がると、涼城が少し離れた場所でうずくまっていた。そして、その傍らに居たのは、

「りっちゃん……？」

木天蓼の自律移動ロボットが、横転していた。突然衝突したのはあれだったのか。

涼城が痛がっているところを見ると、どうやらあのロボットは涼城に直接ぶつかったらしい。その反動で自分が吹っ飛ばされたのだろう。

でも、何故、こんなところに。

いや、驚いている場合じゃない。相川は立ち上がると、転げる涼城の元まで這うように歩み寄ると、間髪入れずにその腹部を思い切り蹴り飛ばした。

「痛っ」

相川はつま先を抱えた。歩幅が合わずトゥーキックになってしまった。足の痛みをこらえるように軽く飛び跳ねながら振り返ると、涼城はその場に倒れ込んでいた。

どうすればいい。涼城に追い打ちをかけるのか。拘束するのか。それとも、江原を——

最悪の場合が頭を過った。

もしここに涼城の他にも江原に援軍が駆けつけたら——

まずい。まずいまずい。

一刻も早く、この場から逃げ出さなければ。相川は振り返り、走り出——そうとするが、しかし、すぐに立ち止まった。

「え、何で……」

相川は自分の目を疑った。

どうして、何故彼女がここに居るのか。そもそもどうやって彼女はここに来たのか。

創造館に引きこもっているあの、ぐーたらの極みの変人毛布女が――

「おまたせ」

そう言って木天蓼は敬礼した。

「私が来たよ！」

＊

「木天蓼先輩！」

「ああ、さくらくんだ、げんきー？」

木天蓼は暢気そうに言った。

「元気に見えますか、この状況！」

木天蓼の他にも、松木や石原など画像情報研究室の学生が四、五人集まっていた。

「大丈夫か、相川くん」

松木が駆け寄る。

「とりあえず、この人どうすればいいですかね」

暢気な口調で石原が尋ねる。

「俺たちが単位取得に追われる最中、人生を遊び尽くした文系のマッチョのパワーは計り知れない、舐めてかかるな、数の力で圧倒しろ！」

松木がそう言うと、何人かがのし掛かるような形で涼城を拘束した。まるでミツバチがスズメバチを撃退するようなやり方だ。

「というか、木天蓼先輩が何でこんなところに居るんですか？」

「さっき話してたとき、さくらくんの様子が変だったから、マミログで居場所を追ってたんだよ。そしたら、珍しい場所に移動してたから、ちょっと気になって、りっちゃんにお使いに行ってもらったの」

マミログ、木天蓼が無断でインストールしたあのソフトか。

江原は為す術もなく立ち尽くしていた。彼女は言った。

「どうやって、この場所を……ＧＰＳは受信できなかったはずじゃ……」

「君、サーベイが足りてないね」

寝ぼけ眼で、木天蓼は言う。「ＳＬＡＭだよ。Simultaneous Localization and Mappingの略。日本語にすると位置推定と地図作成を同時に行う、っていう技術だけどもしかして知らなかった？　ロボットとか画像業界では知らないやつは潜りって言われるぐらい超メジャーな技術」

木天蓼は相川の傍にゆっくりと歩いて来た。そして、相川の胸ポケットに入っていたスマホを取り上げた。

「さくらくんのスマホのカメラを動かして、そこに写っていた画像と加速度センサの計測値を元に時系列で分析して、どういうふうに移動したかを推定したんだよ。SLAMだったら、屋内でも屋外でも位置わかるからね」

「そんなこともできるんですか？」

相川は尋ねる。

「そ、これはりっちゃんにも使ってたやつだよ」

木天蓼に言われて相川は思い返す。そう言えば、あの自律移動ロボットにはカメラしかセンサが付いていないように見えた。創造館の中を自由に動き回っていたし、エレベータも乗りこなしていた。最初は、てっきりGPSを使っているのかと思っていたが、確かにあのロボットが動き回っていた場所は屋内でしかも窓も遠い。GPSが使えるわけがなかったのだ。相川はその事実に全く気がつかなかった。

「りっちゃんは屋外だけじゃなくて、屋内でもちゃんと動いてたでしょ。あれはSLAMでりっちゃんの位置をしっかり推定していたからだよ。最近はずっと単眼カメラのSLAMの実験をしてたんだけど、スマホでも十分動作するみたいだねー」

木天蓼はあっけらかんと言った。

「え、ちょ、え、もしかしてこれ、ぶっつけ本番だったんですか？」

しかも、その理屈で言うとスマホがもし逆さまに入っていたら、カメラは外を撮影できなかったはずなので、相川の位置はわからなかったことになる。博打にも程があった。

「さくらくん、私はどんな実験でもいつもそれは本番である、そういう気持ちで臨んでいるよ！」

「いやいやいや、そういうのはいいんで、てかあぶな、まじあぶなかったー」

しかし、助かった。九死に一生を得るとはまさにこのことだろう。

「やっぱり、木天蓼さんはすごいですね。今度こそ、私の負けです。実は、こうなるんじゃないかって思ってたんです。相川くんの後ろに木天蓼さんがいらっしゃるって知ってから」

江原は言った。

「木天蓼先輩のことを知ってたの？」

「はい。木天蓼さんは有名ですし、それに以前一緒にインタビューを受けたことがあったんです。R大のリケジョ特集というのでご一緒したことがありました。相川さんの話を聞いて、すぐに木天蓼先輩に協力してもらってることに気がつきましたし」

それでようやく得心がいった。当初から、江原は相川のことをやたら褒めるような言動を繰り返していた。しかし、それは相川に言ったのではなく、木天蓼に言っていたのだろう。彼女は相川を通して木天蓼を見ていたのだ。

「一応訊いておくけど、どうしてこんなことしたの？」

木天蓼は尋ねる。

「私は昔から合理的な考え方をする子どもだったんです」

江原は笑って言った。

「だから、学校とかは嫌いでした。教師もバカ、子どももバカだって、でもそのうち、周りから距離を取られるようになりました。今考えてみれば、それはそうですよね。だって、私は正しいことを言っていたんですから。人は何よりも正しいことを言われるのを嫌うんです。

その後、私は勉強で結果を出し続けることに拘りました。私は周りよりも優れているって証明したかったから。周りより優れているんだから、周りの人に評価されないのはしょうがないですよね。

でも、大学に入ったら考え方が変わりました。いい成績を取るのは大抵下調べがうまい人とか、過去問をもらえる人脈のある人とかで。そのとき気がついたんです。成績なんて何の意味もない数値なんだなって。だから、自分しかできない何かをしなきゃって思ったんです。それでいろいろ学外の活動とか始めたら、成果が出るようになって。ああ、やっぱり私には才能があるんだって、わかって。その頃から御形さんとは一緒に活動し始めました。御形さんは確かに有能で、彼が私のサポートをし始めてから、いろいろ賞を受賞できるようになって」

そこまで話して、江原はため息を吐いた。

「でも、成果が出すぎたのが良くなかったのかもしれません。御形さんは勘違いしてたんです。私の成果が実は彼の実力のお陰だって。ある日、御形さんが私に言ったんです。『お前は本当に有能な広告塔だ』って。お前が評価されるのは女子だから、理工系で女子が少ない上に見てくれもいいから、周りに甘めに見てもらえてるだけだって。お前が本当に優れているのは人たらしの才能だけだって。酷いと思いませんか？

最後にはこう言ったんですよ、『だから、俺はお前を傀儡《かいらい》にしてリーダーにしてやってるんだ、お前の実力じゃない、勘違いするな』って。私も頭にきたので、違います、って反論しました。それが御形さんの怒りを買ったらしく、それから彼は学園祭を中止にしようと働きかけたんです。変な噂を流したり、ポスターを貼り出したり、最後には直接妨害するようになって……。それ自体には気がついてなるべく事態を収拾するように努力はしたんですけど、結局どうしようもなくなって。だからもう御形くんを止めるしかないって思ったんです。でも、彼が私の説得を聞くわけありません。かといって、周りの方にお願いすると、まるで私が一人で何もできないみたいで嫌でした。あと、直接お願いしたら私が意図したことがばればれですしね」

江原は満面の笑みを浮かべた。

「だから、画期的な方法を思いついたんです。情報で、噂だけでみんなを誘導すればいいって。たとえ、一つ一つは動機が弱かったとしても、数が集まればかなり高い確率で御形さんを追い詰められるって、そう思いました。それで、少しずつ御形さんに関する噂を流していったんです、学園祭に熱心に取り組んでいる人を狙って。連絡先はサークルの代表の方を面接する時点である程度把握できていたので、噂を流すこと自体は比較的簡単でした。情報を流す人を絞ったのは、私の動きを御形さんに感づかれないためと、あと人って他人の同意を得られないと、つい過激な行動に走りがちなんですよね。そしたら、効果は覿面《てきめん》でした。御形さんがいろんな方に狙われるようになって、小さい事件がいくつも続いて大分精神的に参っていたみたいです。それで、御形さんは何を考えたか学祭のステージを破壊するなんて暴挙に出て、もう手がつけられないって思って仕方なくステージの廃材と一緒に倉庫に彼を監禁することになったんですが、あれにはさすがに驚きました。でも、そのとき確信したんです、彼は負けを確信したから悪あがきをしたんだって、だから、私のほうが彼より上だったたって」

恍惚とした表情を浮かべる江原。

「バカじゃない」

しかし、木天蓼はばっさりと切り捨てた。

「え」

「だから、君はサーベイが決定的に不足してるんだって」

木天蓼は呆れるように続けた。

「君のやったのは『プロバビリティの犯罪』と呼ばれるもので、ミステリ小説ではたまに出てくるやり方だよ。一つ一つは少ない確率でも、連続すれば確率的にはいずれ成功するっていう。つまり、君のやり方には一個も新規性はない」

「木天蓼先輩、ミステリにも詳しかったんですね」

相川は口を挟んだ。

「うん、犯罪のリスクを考えると、考え方自体は結構合理的なんだよね。もし私が有事の際には、絶対この方法で殺人をしようって計画してたから」

「うわっ」

素でどん引いた。木天蓼が言うと全く冗談に聞こえない。

「まぁ、しばらく使う予定はないけどね。だって犯罪は、すごく合理的じゃない」

木天蓼は静かにそう呟いた。

「さらに、君はそれだけでは事件を十分に収拾できなかったんでしょ？　だから、さくらくんをこんなところにおびき寄せて捕まえようとしていたわけだし。そこの筋肉だるまくんと共犯せざるを得なくなった。そもそもさくらくんと接触する必要ができた時点でかなり後手後手だよね。とても、美しいやり方とは言えないと思うなぁ」

江原は数度頷く。

「確かに、全てがうまくいったわけではありませんでした。それで、相川くんにも気づかれてしまったみたいですし。でも、しょうがなかったんです。御形くんを放っておくわけにはいかなかった、それだけは私のプライドが許さなかった。

木天蓼さんならわかってくださるはずです。あなたに会ったとき、私は確信したんです。この人は本物のすごい人だって。そして、似てるって感じたんです。だから」

「ううん、違うと思うよ。君の気持ち、全然わからん」

木天蓼はそう切って捨てた。

「それに動機も想像したよりも全然つまらない理由だった。本当にがっかりだよ。結局はさ、君がたいした人間じゃなかったってだけじゃないのかな。というか、そんなこと本当は気がついていたんだよね、気づくのが嫌だったんだから、彼を閉じ込めたんでしょ？　それこそ、くさい物に蓋をするみたいにさ、そんなのただの子どもじゃない？」

だけど、と木天蓼は続けた。

「まぁでも少しだけ同情してあげるよ。君の最大の計算違いを。想像もつかないだろうけど、この世の中には、驚くべきことにこのさくらくんみたいな人間が居るらしいんだよ。ただの通行人Aのくせに、ただ困ってたっていうただそれだけの理由で、わざわざ首突っ込んでがんばれちゃう人がね。確かに、合理的でない行動は読めない。これはすごくやっかいだね、正直ちょっと怖い気もする、でも」

　木天蓼は笑った。

「すごく面白い」

　江原は、最後の希望が、張り詰めた糸が断たれたのか、脱力するようにその場にへたれ込んだ。

「たぶん、君はヒトをなめすぎだ。君程度の物差しでヒトを測るな。ヒトはもっとすごい生き物だよ」

　木天蓼は言った。

「だから研究のしがいがある、私の人生をかけてもね」


　江原はしばらくその場から動こうとしなかった。涼城はミツバチ攻めで気を失ったのか、床にうずくまったまま立ち上がれなくなり、色々意見はあったが、結局画像情報研究室のメンバーで神輿のように担ぎながらキャンパス内の医務室に連れて行くことになった。

「それにしても、本当に先輩たちが来てくれて助かりました。まさか、あんなことになるとは思ってなくて……首を絞められたときはどうなることかと……」

「バカ」

木天蓼は涙目になっていた。

「心配したんだから」

気がつくと彼女の両の手は静かに震えていた。

「え」

相川の頭は真っ白になる。

「何で、一人でこんな無茶したの？　何で、私にちゃんと相談してくれなかったの」

「それは……」

相川は口ごもる。

「こっちがどれだけ心配したと思ってるの？　もし、君に万が一のことがあったら……私……私」

そして、木天蓼はそっと歩み寄り、両手で抱き寄せたのだった。

「りっちゃんのバカー」

りっちゃんを。自律移動ロボットのりっちゃんを。

あれ。そっち？　そっちですか。そうですか。

相川が広げた両の手はむなしく空気を抱いた。

「いやー、相川くんを探そうと、この『りっちゃん』に探してもらったのはいいんだけど、途中で通信が切れてさ。どうもここらへん電波が悪かったらしくて。それでまたたびさんは居ても立っても居られなくなって、周りを焚きつけるもんだから、結局研究室総出で駆けつけたんだよ」

松木は事情を説明してくれた。

あれ、何かめっちゃついでに助けられてた。しかも、無機物のついでに。

「でもすんごい修羅場ってたね。正直事情あんまり把握してなかったから、よくわかんなかったけど、喧嘩？　物騒だねぇ、りっちゃんの電波が切れたところに、偶然相川くんが居て良かったよ」

「松木先輩、一つ訊きたいことがあるんですけど」

相川は訊いた。

「ん、何？」

「僕、泣いてもいいですかね？」

エピローグ

結論から言うと、その後御形の居場所はあっさりと判明した。

というのも、江原がすぐに口を割ってくれたからに他ならないが。

もしかしたら、自分が泥まみれに大事にしていた何かががらくただということに気がついてしまったのかもしれない。

御形は新紀館地下の倉庫に閉じ込められていた。大分衰弱していたようだったが、命に別状はなく正常に会話もできるレベルだった。どうやら、倉庫に水道があったようで、それでしのいでいたらしかった。

相川を見るなり、御形は開口一番「誰だ、君は？」と言った。

めちゃくちゃ忘れられていた。まぁそれもそうだろう、たった一度しか会ったことのない人間のことなど大抵忘れる。相川自身も今回の事件がなかったら、きっと御形のことなど一度も思い出すことなく、大学を卒業していただろう。そう考えればお互い様なのかもしれない。

結局、江原の犯行についてもほとんど御形には伝えなかったし、学校にも何の報告もしなかった。自分は探偵でも、ましてや警察でもない。もっとも、少なくとも御形には知る権利があったように思うし、相川としても言うべきだったのかもしれないが、部屋から出た直後に御形が、

「あのくそ無能が、ふざけやがって。だいたいあいつは――」

と散々罵詈雑言を言い出したので、それを聞いて、何かもう全ていいような気がしたのだった。単純に自分自身がこの件について飽きてしまったのかもしれない。呆れてしまったというべきなのかもしれないけれど。その可能性も多分にあった。

まぁでも、御形が無事で何よりだった。当初の御形を救うという目的を無事達成することができたのだ。もっとも、助けてくれ、と相川にメールを送ったのは実際は江原だったのだけれど、まぁそれは今となってはたいしたことではない。「よかったですね」と相川が言うと、木天蓼は、「さくらくん、君は本当にすごく面白いね」と返した。

あれ、何か面白いところがあっただろうか。わからない。まぁ木天蓼は誰もが認める変人であり、それ故感性も独特なので、何か特に意味のないところが自分のツボにはまったりしたのだろう。そう考えることに、相川はした。

学園祭も無事開催された。直前に江原が失踪してしまい、御形も戻らず、委員長と副委員長が不在で行われるという前代未聞の事態ではあったが、代理の取りまとめが

居たこともあり、スムーズに開催された。まぁ、その代理というのは、他でもない相川だったのだけれど。

「さくらくん、本気？　てか正気なの？」と木天蓼には腹を抱えて笑われた。しょうがないだろう。江原が居なくなってしまったのは、相川の責任もあるのだし、それで江原を追い詰めるだけ追い詰めておいて、委員会を放棄というのは何か違うような気がしたのだ。そんなことを言うと、木天蓼は再び地面を叩きながら泣くように笑った。

実際、相川のような素人がうまく取りまとめることができたのは平子の手引きによるところが大きい。はっきり言えば、本当に取りまとめをしていたのは平子のほうだろう。

というか今更になるが振り返ってみると、御形と江原の件についてもところどころで平子がアシストしてくれていたような気がする。もしかして、平子は最初からある程度のことを知っていたのではないだろうか。

「まぁ、相川君がお人好しなのは、知っとったで」と答えた。

ちなみに江原のことは他の委員にも、もちろん平子にも言ってない。絶対知ってたなこいつ。やぶ蛇な気がしたので、深くは突っ込まなかったが。

ちなみにこれはもっと後の話になるのだが、あの事件がどう裁かれたのかはわからないが、御形は大学を休学したらしい。そして、江原は大学を辞めたことがわかった。そこについて、とやかく言うつもりは相川にはなかった。自分たちは警察じゃないし、ましてや二時間ドラマの探偵でもないのだから。

数週間後、相川たちの研究室配属が発表された。

「何で、今年だけ生態情報研は女子ゼロなんだよ！　はめられた……完全にはめられた……もしや、この俺が情報戦に負けたというのか」という、佐々木のことはさておき。

相川は早速、配属の決まった研究室を訪問した。

「お、相川くん来たね。これからよろしく！」

松木は言った。

その研究室の奥では、いつも通り木天蓼が寝ぼけ眼でプログラミングをしていた。

「ん、さくらくん。へ、うちに配属決まったの、え、何それ正気？　ああ、まぁさくらくんの正気は今更考えてもしょうがないか……ともあれ、テンプレ的に言っておこうか。配属おめでとう、さくらくん」

「いろいろ引っかかる物言いですが……ありがとうございます。これからよろしくお願いします、木天蓼先輩」

そう言って、相川は手を差し出した。

木天蓼はしばらくそれをじっと見つめていたが、くすりと笑うと彼女も手を差し出して、相川の手を握った。

「こっちこそよろしくー。実はさくらくんと何日間か一緒に居て、そのめざましい才能に目を付けてはいたんだよね。だから、さくらくんが入ってきてくれて本当にうれしいよ！」

「ほんとですか？　でも、そんな……僕なんかまだまだで」

「うん、だから、その点でもよろしくね、さくらくん改め、りっちゃん二号！」

「りっちゃん二号？　あの……もしかして……目を付けてたって、僕のパシリの才能に……」

相川は愕然とした。

そして、その様を見て木天蓼はまるで子どものような悪戯っぽい笑顔を浮かべた。

「じゃあ、りっちゃん二号、さっそくお昼ご飯買ってきてくれる？」

本作は書き下ろしです。
本作品はフィクションです。実際の人物や団体、地域とは一切関係ありません。

TO文庫

情報系女子またたびさんの事件ログ

2015年1月1日　第1刷発行

著　者　日野イズム
発行者　東浦一人
発行所　TOブックス
〒150-0011 東京都渋谷区東1-32-12
渋谷プロパティータワー13階
電話03-6427-9625（編集）
0120-933-772（営業フリーダイヤル）
FAX03-6427-9623
ホームページ　http://www.tobooks.jp
メール　info@tobooks.jp

フォーマットデザイン　金澤浩二
本文データ製作　TOブックスデザイン室
印刷・製本　中央精版印刷株式会社

Printed in Japan　ISBN978-4-86472-333-6